Benjamín Labatut

恐るべき緑

ベンハミン・ラバトゥッツ

松本健二［訳］

白水社
ExLibris

恐るべき緑

（……）我々は昇っては落ちる。落ちることで昇ることもある。敗北が我々を形づくる。我々の唯一の知識は悲劇的なもので、もはや手遅れとなったときに、敗者にのみ与えられる。

ガイ・ダヴェンポート

恐るべき緑　目次

装 丁
緒方修一

装 画
Adrián Gouet
“Mesophase”
Oil on canvas, 2014

プルシアン・ブルー

ニュルンベルク裁判に先立つ数か月間に行なわれた健康診断の最中、医師たちはヘルマン・ゲーリングの手足の爪が深紅に染まっていることに気がついた。彼らは、その色はゲーリングが日に百錠以上服用していた鎮痛剤ジヒドロコデインの中毒によるものだと——誤って——考えた。ウィリアム・バロウズによればその効果はヘロインに似ていて、コデインの少なくとも二倍は強力だが、コカインに似た鋭い刺激を伴うといい、そのためアメリカの医師たちはゲーリングの出廷前に依存症を治療することを余儀なくされた。それは容易ではなかった。連合国軍に捕らえられたとき、このナチの指導者はスーツケースを引きずっていて、そのなかには皇帝ネロに扮装する際に爪に塗ったマニキュアばかりか、お気に入りの薬物二万錠以上、すなわち第二次世界大戦末期のドイツで製造されたその薬の残りほぼすべてが入っていた。彼の薬物中毒は例外ではなかった。実質的にドイツ国防軍の全兵士が、配給の一部としてメタンフェタミンの錠剤を受け取っていた。ペルヴィチンという名で商品化されていたそれを兵士たちは服用し、何週間も眠らず、完全に正気を失い、躁状態の興奮と悪夢のような意識朦朧とを行き来し、過労から多くの者が抑えがたい恍惚の発作に襲われた。「究極の静けさが支配する。すべてが取るに足らない非現実的なものになる。完全に無重力になった気分だ、まるで飛行機の上を漂っているみたいに」と、ドイツ空軍のあるパイロットは戦後何年も経ってから、戦争の悲惨な日々のことというより、まるで至福の幻視による無言の忘我を回想するかのように書いた。ドイツの作家ハインリヒ・ベルは前線から家族に何通もの手紙を書き送り、もっと薬を送ってくれるよう頼んだ。一九三九年十一月九日に両親に宛てた手紙ではこう書いている。「ここはひどい場所だ。二、三日に一度しか手紙を書けないことをどうかわかってください。今日まずお願いしたいのは追加のペルヴィチンです……愛してるよ。ハイン」。一九四〇年五月二十日にはまた熱のこもった長い手紙を書き、同じ要求で締めくくった。「予備としてペルヴィチンをもう少し入手してもらえますか？」二か月後に両親は震える文字で書かれた一行だけの手紙を受け取った。「できればもっとペルヴィチンを送ってください」。今日知られているように、メタンフェタミンはドイツ軍のとどまるところを知らない電撃戦を支えた燃料であり、多くの兵士が口中で溶ける錠剤の苦味を感じながら精神病の発作に見舞われた。それにひきかえ第三帝国の幹部たちは、電撃戦の勝利が連合国軍の爆撃の嵐にかき消され、ロシアの冬がドイツ軍戦車の履帯を凍らせ、侵略軍には焦土しか残さぬよう領土内の価値あるものはすべて破壊せよと総統が命じたとき、それとはずいぶん異なるものを味わった。完全なる敗北を目の当たりにして、自らが世界に呼び起こした恐怖のイメージに打ちのめされた彼らは、手っ取り早い逃げ方を選択し、シアン化物のカプセルを噛んで、その毒が放つアーモンドの甘い匂いのなかで窒息死を遂げたのだ。

戦争末期の数か月、ドイツ中を自殺の波が襲った。一九四五年四月だけで、ベルリンでは三千八百人が自殺した。首都から北へ約三時間のところにある小さな町デミーンでは、町と外界とをつなぐ橋を撤退中のドイツ軍が爆破し、住民がその半島を囲む三つの川に閉じ込められ、赤軍の残虐さの前に無防備になり、集団パニックに陥った。たった三日間で数百人の男女と子どもが自ら命を絶った。まるで恐ろしい綱引きでもするかのように、家族全員が腰を縄でくくり、いちばん幼い子たちはランドセルに石を詰めて、トレンゼ川に入っていった。そのあまりの混乱ぶりに、それまでは町の家々を略奪し、建物を焼き払い、女たちを凌辱することに精を出していたロシア軍が、自殺の流行をなんとか食い止めよとの命令を受けたほどだった。彼らは、一人の女が庭の巨大な樫の木の枝で首をくくろうとしているのを、三度にわたって救出しなければならなかった。その女は三人の子に自ら殺鼠剤を振りかけたビスケット（最後のごちそう）を食べさせ、彼らをその根元に埋めたのだった。女は生き延びたが、兵士たちは、一人の少女が両親の手首を切ったのと同じカミソリで自らの手首を切り、失血死するのを防ぐことはできなかった。これと同じ死の願望がナチの高官たちを捉えた。教育大臣ベルンハルト・ルスト、法務大臣オットー・ティーラック、陸軍元帥ヴァルター・モーデル、砂漠の狐ことエルヴィン・ロンメル、そしてもちろん総統その人に加え、五十三人の陸軍元帥、十四人の空軍元帥、十一人の海軍元帥が自殺した。ヘルマン・ゲーリングのように自殺をためらい、生け捕りにされた者もいたが、それも避けがたい事態を先延ばしにしただけだった。医師たちが出廷可能と診断すると、ゲーリングはニュルンベルク裁判にかけられ、絞首刑を宣告された。彼は銃殺刑を希望した。普通の犯罪者として死にたくはなかったのだ。最後の願いが叶えられないと知ったとき、彼は整髪料の瓶のなかに忍ばせていたシアン化物のアンプルを噛んで命を絶ち、その傍らには「偉大なるハンニバルのごとく」自らの手で死ぬ道を選んだと説明するメモが残されていた。連合国軍はこの男の存在のあらゆる痕跡を消し去ろうとした。唇に付着したガラスの破片を除去し、衣服、所持品、裸のままの遺体をミュンヘンのオストフリートホフ墓地にある市営火葬場に送り、そこで点火された焼却炉のひとつでゲーリングは火葬され、その灰は、シュタデルハイム刑務所でギロチン刑に処せられた政治犯や反ナチ体制派の人々、T4作戦の強制安楽死計画で殺害された身体障害児や精神病者、そして強制収容所の無数の犠牲者といった何千もの人々の灰と混じり合った。わずかに残った遺灰は、彼の墓が後世の巡礼地となるのを防ぐべく、地図で無作為に選ばれたヴェンツバッハという小川に真夜中に撒かれた。しかしそうした努力もすべて水泡に帰した。今日に至るまで世界中のコレクターが、このナチ最後の偉大な指導者にしてドイツ空軍の最高司令官、ヒトラーの当然の後継者の遺品や所持品を交換し続けている。二〇一六年六月、あるアルゼンチン人男性が、ドイツ国家元帥が着用した絹の下着のパンツに三千ユーロ超を支払った。数か月後、その同じ男性が、一九四六年十月十五日にゲーリングが歯で噛み砕いたガラスの小瓶を覆っていた真鍮製の円筒に二万六千ユーロを投じた。

国家社会主義党の高官たちは、一九四五年四月十二日にベルリン・フィルハーモニー管弦楽団がベルリン陥落前に行なった最後のコンサートの終了後、同様のカプセルを受け取った。軍需・軍事生産大臣で第三帝国の主任建築家だったアルベルト・シュペーアは、ベートーヴェンのヴァイオリン協奏曲ハ長調に続いて、ブルックナーの交響曲第四番『ロマンティック』、そして最後はその場にふさわしく、リヒャルト・ワーグナー『神々の黄昏』第三幕を締めくくるブリュンヒルデのアリアで終えるという特別プログラムを企画した。ワルキューレがジークフリートを弔う巨大なかがり火に身を投げ、燃え上がる炎が人間界を、ヴァルハラの館と戦士たちを、神々の宮殿すべてを焼き尽くす。ブリュンヒルデの苦痛の叫びがいまだ耳に鳴り響くなか、観客が出口に向かうと、ヒトラーユーゲントの下部組織であるドイツ少国民団のメンバー——十代の若者たちはすでにバリケードで死んでいたので、まだ十歳そこそこの子どもたち——が小さな籐籠に入ったシアン化物のカプセルを、まるで典礼の供物のように手渡した。それらのカプセルの一部はゲーリングやゲッベルスやボルマンやヒムラーの自殺に使用されたが、ナチ高官の多くは、毒が効かなかったり故意に混ぜ物がされていたりして、自らの望む瞬時かつ痛みのない死ではなく、彼らにふさわしい緩慢な苦悶がもたらされることを恐れ、カプセルを噛むと同時に自ら銃で頭を撃つことを選んだ。ヒトラーは自分用のカプセルに混ぜ物がされていると確信していたので、その効果を試すため、愛犬のブロンディ、総統地下壕まで彼に同行し、彼のベッドの下で眠り、あらゆる特権を享受していたジャーマン・シェパードに投与することにした。すでにベルリンを包囲し、日に日に地下壕へと近づいていたロシア軍の手に渡るくらいなら、総統は愛犬を自らの手で殺したかったが、自分でやる勇気はなかった。彼は主治医にカプセルを犬の鼻先で割るよう求めた。四匹の子犬を産んだばかりの雌犬は、窒素と炭素とカリウムの原子各一個からなる極小のシアン化物分子が血流に侵入して呼吸を止めたために即死した。

シアン化物はきわめて速効性が高いため、その味に関する証言は、十九世紀初頭に三十二歳のインド人金細工師M・P・プラサットが服用後にかろうじて書き残した三行が存在するのみである。「医師の先生方、シアン化カリウムです。私はこれを試しました。舌が焼け、酸っぱい味がする」と、自殺用に借りたホテルの部屋で遺体のそばにあったメモに書かれていた。ドイツ語ではブラウゾイレ（青酸）の名で知られるこの毒物の液体は揮発性が高く、沸点は摂氏二十六度で、空気中に甘いがほのかに苦味を帯びたアーモンドのような香りを残す。この匂いは誰もが嗅ぎ分けられるわけではない。これを識別するには人類の四〇パーセントが持っていない特定の遺伝子を必要とするからだ。進化の過程で起きたこの偶然の結果として、アウシュヴィッツとマイダネクとマウトハウゼンの強制収容所でツィクロンBによって殺害された人々のかなりの部分が、他の者たちは自分たちの絶滅をもくろんだ連中が自殺用カプセルを嚙んだときに嗅いだのと同じ香りを嗅いで死んでいったのに対し、ガス室に充満したシアン化物の匂いに気づきもしなかった可能性がある。

その数十年前、ナチが死の収容所で用いた毒物の前身であるツィクロンAが、カリフォルニア州のオレンジ畑で農薬として散布され、何万人ものメキシコからの移民が米国に入国する際に身を隠した貨物車内の虱除去に使用されていた。木造の車両は美しい青色に染められていたが、これはアウシュヴィッツの煉瓦の一部に今なお見られる色と同じである。いずれも、一七八二年に近代初の合成顔料プルシアン・ブルーから派生したという、シアン化物の真の起源を思い起こさせる。

この顔料が登場するやいなや、ヨーロッパの美術界は騒然となった。プルシアン・ブルーはその低価格のおかげで、わずか数年のうちに、ルネサンス以来、天使の衣や聖母のマントを彩るのに画家たちが用いてきたウルトラマリンに完全に取って代わった。青色顔料のなかで最高級かつ最も高価なウルトラマリンは、アフガニスタンのコクチャ川渓谷の洞穴で採れるラピスラズリを粉砕して得られる。この鉱物を細かい粉末にすると深い群青色になるのだが、それが化学的に初めて再現されたのは十八世紀初頭、ヨハン・ヤーコプ・ディースバッハという名のスイスの顔料職人がプルシアン・ブルーを創り出したときのことである。それは失敗から生まれた。彼が本来やりたかったのは、コチニールカイガラムシというメキシコや中南米のウチワサボテンに寄生する小さな昆虫の雌を数百万匹潰して得られるカルミン・レッドを化学的に再現することだった。この虫は白っぽい綿毛のような体が風雨や霜で傷つきやすく、ネズミや鳥や毛虫類に食べられたりすることもあるため、蚕以上に細心の注意が必要なほど脆弱である。この虫の深紅の血は――金銀と並んで――スペインの征服者たちがアメリカ大陸の人々から盗んだ最大の宝のひとつだった。これによりスペイン王室はカルミン・レッドを独占し、それは数世紀にわたって続いた。ディースバッハは、助手のひとりだった若い錬金術師ヨハン・コンラート・ディッペルが作った動物の遺骸の乾留物にタタールの塩《サーレ・タルタリ》（カリウム）をかけ、この独占状況を打破しようと試みたが、調合によって得られたのは、コチニールカイガラムシの燃えるようなルビー色ではなくまばゆいばかりの青だったので、ディースバッハは自分が空の本来の色であるエジプシャン・ブルー、古代エジプト人が神々の肌を描くのに用いたという伝説の青を発見したのだと考えたほどだった。何世紀ものあいだエジプトの神官によって大切に守られてきたその製造法は、あるギリシア人の泥棒の手に渡り、ローマ帝国の崩壊後、永遠に失われてしまった。ディースバッハはこの新たな色を、自らの偶然の発見と、先人の栄光を確実に凌ぐであろう帝国とのあいだに緊密かつ持続的な関係を築くべく「プルシアン・ブルー」と命名した。というのも、将来の破滅を思い描くためですら、彼は先人よりはるかに才能のある――おそらく予言の才能に恵まれた――人物でなければならなかっただろうからだ。ディースバッハにはそのような崇高な想像力が欠けていたばかりか、自らが生み出したものの物質的な利益を享受するのに必要な基本的な商取引の知識もなかったので、その恩恵は彼の資金提供者で、鳥類学者、言語学者、昆虫学者でもあったヨハン・レオンハルト・フリッシュの手に渡り、彼がこの青を黄金に変えた。

フリッシュは、パリやロンドン、サンクトペテルブルクの店にプルシアン・ブルーを卸して一財産を築いた。その利益でシュパンダウ近郊に何百ヘクタールもの土地を購入、そこでプロイセン初の大規模な養蚕場を始めた。熱心な博物学者だったフリッシュは、フリードリヒ・ヴィルヘルム一世に宛てて長い手紙を書き、小さな蚕の特筆すべき美点について熱く語っている。手紙にはフリッシュが夢で予見したという農業改革の一大プロジェクトについても書かれていた。彼はその夢のなかで、帝国中のあらゆる教会の中庭に桑の木が茂り、その青々とした葉が蚕の幼虫の餌となっている様子を見た。彼の計画はフリードリヒ大王によっておずおずと着手され、それから二百年以上を経て、第三帝国によって暴力的に再現された。ナチは何百万本もの桑の木を放棄された土地や住宅街、学校や墓地や病院や療養所、そして新生ドイツを横断する高速道路の両脇に植えた。小規模農家には、国が認可した蚕の収穫や加工技術を詳細に記した案内書や手引き書を配布した。収穫後の蚕は、お湯を沸かした鍋の上に三時間以上吊るさねばならない。こうすることで、繭をつくる際に彼らの体を包んでいた貴重な素材を少しも傷めることなく、蒸気でゆっくりと死なせることができるのだ。これと同じ手法が、フリッシュの畢生の大作、彼が晩年の二十年間を費やし、狂気と紙一重の徹底ぶりで、三百種にも及ぶドイツ固有の昆虫を分類した十三巻の著作の付録のひとつに含まれている。最終巻には、ヨーロッパクロコオロギのライフサイクル全体が、幼虫の段階から、赤ん坊の泣き声のように甲高く耳障りな雄の求愛の歌に至るまで網羅されている。フリッシュは交尾の仕組みと雌の産卵過程とともにこれを記述しているが、その卵の色は、彼を金持ちにし、商品化されるやいなやヨーロッパ中の芸術家に使用されるようになったあの顔料と驚くほどそっくりである。

この色が最初に用いられた大作は、オランダの画家ピーテル・ファン・デル・ウェルフが一七〇九年に描いた《キリストの埋葬》である。空では雲が地平線を覆い、聖母マリアの横顔を隠すヴェールが救世主の亡骸を取り囲む弟子たちの哀しみを映し出して青く輝き、また救世主の裸体はあまりに青白く、鉄釘を穿たれた傷口を唇で焼灼《しょうしゃく》するかのように、跪いて彼の手の甲に口づけする女の顔を照らしている。

鉄、金、銀、銅、錫、鉛、リン、ヒ素。十八世紀初頭、人類はほんの一握りの基本元素しか知らなかった。化学はいまだ錬金術から分岐しておらず、蒼鉛《そうえん》、硫酸塩、辰砂《しんしゃ》、水銀合金といった無数の難解な名前で知られていた化合物は、あらゆる種類の予期せぬ幸運な偶然を生み出す温床だった。たとえばプルシアン・ブルーは、この色が創られた顔料工房で働いていた若い錬金術師がいなければ存在しなかっただろう。ヨハン・コンラート・ディッペルは敬虔主義神学者、哲学者、芸術家、医師を自称していたが、彼を中傷する人々からは単なる詐欺師とみなされていた。ドイツ西部、ダルムシュタット近郊の小さな城フランケンシュタインに生まれた彼は、子どものころから奇妙なカリスマ性があり、彼とともにあまりにも長い時間を過ごした相手を虜にしてしまう力があった。彼はこの説得力によって、当時最も重要な科学的精神の持ち主のひとりだったスウェーデンの神秘主義者エマヌエル・スウェーデンボリを魅了し、この神秘主義者は当初、彼の最も熱狂的な弟子のひとりであったが、最後にはその最大の敵となった。スウェーデンボリによると、ディッペルには、人を信仰から遠ざけたのち、あらゆる知性と良心を奪い、「ある種の錯乱状態に陥らせる」天賦の才があったという。ディッペルに対する最も激烈な批判のひとつで、スウェーデンボリは彼を悪魔そのものになぞらえ、「最も邪悪な悪魔であり、いかなる原理にも従わず、たいていあらゆる原理に逆らおうとする」と述べている。異端的思想とその実践により七年間服役したのち、いかなる醜聞にも動じなくなっていたディッペルに、彼の批判は届かなかった。刑期を終えたあとは人間らしくあろうとすることもすっかりやめてしまい、生きた動物と死んだ動物で口にするのもはばかられる実験を行ない、熱心に解剖した。彼の目標は、魂をある体から別の体に初めて移し替えた人物として歴史に名を残すことだったが、むしろ彼を伝説に変えたのは、彼の獲物となった遺骸を扱う際に見せた極度の残虐さと倒錯した悦びだった。クリスティアヌス・デモクリトゥスという筆名を用いてライデンで刊行した著書『肉体生命の疾患と治療法』では、あらゆる病を治し、不死を与えるという不老不死の霊薬――「賢者の石」の液体版――を発見したと主張している。彼はその調合法をフランケンシュタイン城の所有権と交換しようとしたが、その液体に使い途があるとすれば、腐敗した血と骨と角とひづめの混合物ならではのとてつもない悪臭のおかげで、殺虫剤と防虫剤として役立つ程度だった。このタール状のどろどろの液体は、数世紀を経て、まさにその同じ効能により、第二次大戦中にドイツ軍によって使用された。戦車を率い、砂漠の砂を渡って追跡してくるパットン将軍の部隊の前進を阻むべく、非致死性の（したがってジュネーヴ条約の適用外である）化学兵器としてこの液体を北アフリカの井戸に流し込んだのである。そんなディッペルの霊薬の成分のひとつこそが、やがてファン・ゴッホの《星月夜》の空や北斎の《神奈川沖浪裏》の海のみならず、プロイセン軍歩兵の制服をも彩ることになる青を生み出すに至ったというのは、あたかもこの色の化学構造のなかに暴力をかきたてる何か、影とも言うべきものが存在しているかのようだ。この本質的な穢れは、かつて動物を生きたままばらばらにし、そのさまざまな部位を組み立て、電気を流して恐ろしいキメラとして蘇生させようとしたあの錬金術師の実験から引き継がれたもので、メアリ・シェリーはその怪物から着想を得て、科学という人類が生み出したなかで最も危険な技のやみくもな進歩を警告した傑作『フランケンシュタイン、あるいは現代のプロメテウス』を書いたのだった。

シアン化物を発見した化学者は、その危険を身をもって体験した。一七八二年、カール・ヴィルヘルム・シェーレは、プルシアン・ブルーの入った壺を微量の硫酸が付着したスプーンでかき混ぜるうち、近代において最も重要な毒物を生み出した。彼はその新しい化合物を「青酸」と命名し、その過反応性がもたらす大いなる可能性をすぐに察知した。自らの死から二百年後の二十世紀半ばに、この化合物が産業、医療、化学の用途に使われ、毎月、地球上の全人類を毒殺できるほどの量が生産されることになろうとは、当人には想像もつかなかっただろう。不当にも忘れられた天才シェーレは、生涯を通じて悪運につきまとわれた。最も多くの（彼が「火の空気」と呼んだ酸素を含む九つの）自然元素を発見した化学者であるにもかかわらず、そのそれぞれの発見の手柄を、自分より先に同じような結果を公表した才能の劣る科学者たちと分け合わねばならなかった。シェーレの版元は、このスウェーデン人が愛情をこめて、そして実験室で生み出した新しい物質の匂いを嗅ぎ、ときには味わいすらするほど異常なまでの厳密さで用意した本を出版するのに五年以上かかった。青酸を舐めたりしなかったのは幸いだったが――もし舐めていれば即死しただろう――それでもこの悪癖は彼の命を四十三歳で奪うことになった。死んだときには肝臓はぼろぼろで、頭から爪先まで化膿した水ぶくれに覆われ、関節にたまった液体のせいで身動きもできなくなっていた。のちに何千人ものヨーロッパの子どもたちが同じ症状に苦しんだが、彼らの玩具やお菓子には、シェーレ自身が毒性があることを知らずにヒ素を用いて製造した顔料が使われていた。あまりにも美しく魅惑的だったため、ナポレオンのお気に入りの色となったエメラルドグリーンである。

シェーレの緑は、皇帝がセント・ヘレナ島でイギリス軍の虜囚として六年間を過ごした、ネズミと蜘蛛のはびこる暗いじめじめとした邸宅ロングウッド・ハウスの寝室と浴室の壁紙に使われていた。これらの部屋を彩っていた塗料が、彼の死から二世紀を経て分析された髪の毛のサンプルから検出された高濃度のヒ素、すなわち彼の胃にテニスボール大の穴をあけた癌を引き起こした可能性のある毒素を説明してくれるかもしれない。人生最後の数週間、病は皇帝の肉体を、彼の配下の兵士たちがヨーロッパを蹂躙したのと同じ速さで蝕んでいった。皮膚は死体のように灰色を帯び、目は輝きを失って眼窩に沈み、まばらな顎ひげは吐瀉物のかけらにまみれた。腕の筋肉はそげ落ち、脚は小さな傷痕で覆われ、あたかも生涯にわたって負ったあらゆる小さな切り傷やひっかき傷の記憶を突然ひとつひとつ取り戻したかのようだった。しかし、ナポレオンひとりが島に追放されていたわけではない。ナポレオンとともにロングウッド・ハウスに閉じ込められて暮らしていた使用人たちは、絶え間ない下痢や腹痛、手足のひどい腫れ、どんな液体を飲んでも収まらない喉の渇き等について数多くの証言を残している。彼らのうち何人かは自らが仕えていた人物と同じような症状で死亡したが、それにもかかわらず、医者や庭師や屋敷で雇われていた他の多くの者たちは、亡き皇帝のシーツを——たとえ血や糞尿で汚れ、彼をゆっくりと毒殺した物質で汚染されていたとしても——めぐって争うのをやめはしなかった。

ヒ素が体内の組織深くに潜んで何年もそこに蓄積する忍耐強い殺し屋であるとすれば、シアン化物は瞬時に人の呼吸を奪う。じゅうぶんに高い濃度になると、頸動脈小体の末梢化学受容器を突如として刺激し、文字どおり呼吸が止まる反応を引き起こす。これは、英語の医学文献では、頻脈、無呼吸、痙攣、心血管虚脱に先立って聞こえる喘ぎ声として記述されている。この迅速さによって、シアン化物は多くの暗殺者が好む毒物となった。たとえばグリゴリー・ラスプーチンの敵対者たちは、ロシア帝国最後の皇后アレクサンドラ・フョードロヴナ・ロマノワを聖職者による呪縛から解放すべく、シアン化物入りのプチフールで彼を毒殺しようとしたが、今なお解明されていない何らかの理由でラスプーチンは免疫をもっていることが判明した。彼を殺すには、胸に三発、頭部に一発の銃弾を撃ち込み、死体を鉄の鎖で縛ってネヴァ川の凍った水の下に投げ込まねばならなかった。毒殺の失敗は怪僧の名声をさらに高めただけで、彼の遺体への信仰心を募らせた皇后と四人の娘たちが、最も忠実な使用人たちに命じて氷の下から亡骸を救い出し、これを森の奥深くの祭壇に安置し、ついに当局がこの男を完全に消滅させる唯一の方法として焼却処分する決定を下すまで、亡骸は寒さのおかげで完璧な状態で保存されていた。

シアン化物は殺人者や暗殺者ばかりを惹きつけたわけではない。数学の天才にしてコンピューターの父アラン・チューリングは、英国政府が同性愛を罰するために施した化学的去勢の結果、胸が膨らんでくると、シアン化物を注入したリンゴをかじって自殺を遂げた。伝説によれば、お気に入りの映画『白雪姫』のある場面を真似たらしく、彼自身が研究の最中によく口ずさんでいたという歌の歌詞は、「リンゴを魔法の秘薬に浸して／深い眠りを染み込ませよう」という。しかし、そのリンゴで自殺説を証明するための実験が行なわれたためしはなく（ただし、リンゴの種にはシアン化物を自然に発生させる物質が含まれていて、それがボウル半分あれば人をひとり殺すのにじゅうぶんである）、第二次大戦中にドイツ軍が交信に用いた暗号を解読するチームを率いて連合国軍の勝利を決定的にしたにもかかわらず、チューリングは英国諜報部に暗殺されたのだと信じる者もいる。彼の伝記作家のひとりは、チューリングの死をめぐる曖昧な状況について（自宅の研究室にシアン化物入りの小瓶があったこと、枕元に残されていた手書きのメモには翌日の買い物リストしか記されていなかったことなど）、チューリング自身が計画したもので、母親に事故死だと信じさせ、息子の自殺という重荷を負わせないためだったのだと示唆している。人生のあらゆる物事にユニークかつ個人的な視点で向き合った男が残した最後の奇行だったのだろう。職場の仲間に愛用のマグカップを使われるのを嫌がった彼は、それをラジエーターに繋いで南京錠をかけていた。そのカップは今もそこにある。一九四〇年、イギリスがドイツ軍の侵攻に備えていたころ、チューリングは貯金をはたいて巨大な銀の延べ棒を二本購入し、職場近くの森に埋めた。その隠し場所を示すために暗号化した複雑な地図を作成したが、実に巧妙に隠したため、戦争が終わったとき、金属探知機を使っても探し出せなかった。余暇には「無人島ごっこ」を好んだ。可能なかぎりたくさんの日用品を自作するという趣味で、自家製の合成洗剤、石鹼、殺虫剤などを作ったが、手のつけられないほどの威力を発揮して近所の家々の庭に損害を与えた。戦時中は、ブレッチリーパークの暗号解読センター内の職場に通うのに、チェーンに欠陥のある自転車に乗り、修理を拒んだ。彼は修理屋に持っていく代わりに、チェーンが耐えられる回転数を計算して、ふたたび外れる直前に飛び降りた。春になり、花粉症が耐えがたくなると、ガスマスク（開戦当初、英国政府が全国民に配布したもの）で顔を覆うという策をとり、それを見た通りすがりの人々は攻撃が間近に迫っていると想像し、パニックに陥った。

ドイツ軍がブリテン島をガス爆撃するという可能性は避けがたく思われた。英国政府の顧問のひとりは、その種の攻撃が起きた場合、最初の一週間だけで二十五万以上の民間人が犠牲になると主張し、生まれたばかりの赤ん坊にも特別に設計されたガスマスクが配布された。学校に通う子どもたちはミッキーマウスという型を着用した。このグロテスクな名前は、頭にゴム紐をかけ、嫌な臭いのするゴムで顔を覆って息をするよう求める木製のガラガラが鳴らされる音を聞く際、子どもたちが感じる恐怖を和らげようとしてつけられたものである。陸軍省作成の使用説明書にはこう書かれていた。

息を止める。
両方の親指をゴム紐の内側にかけてマスクを顔の正面で持つ。
顎を前方に突き出してマスクにしっかり押しつける。
ゴム紐をできるだけ上に引っ張る。
頭のゴム紐が捻じれないように注意しながら指でマスクの端をなぞる。

ガス爆弾がイギリスに投下されることはなく、子どもたちはガスマスクをつけたままフーと息を吐くと大きなおならのような音がすることを覚えたが、第一次世界大戦の塹壕でサリンやマスタードガスや塩素ガスによる攻撃を受けた兵士たちの恐怖の体験は、ある世代のすべての人々の潜在意識に根づいていた。史上初の大量破壊兵器がもたらした恐怖を最もよく示す証拠は、第二次大戦中にどの国もガス兵器の使用を拒否したことである。アメリカ軍にはいつでも配備する用意のある膨大な数のガス兵器の備蓄があり、イギリス軍はスコットランドの孤島で炭疽菌の実験を行ない、羊や山羊の群れを殺戮していた。絶滅収容所でのガスの使用に何のためらいも見せなかったヒトラーですら、戦場での使用は拒絶した。とはいえ、ナチの科学者たちは、パリと同じ規模の三十の都市の人口を殲滅できるほどの七千トン近いサリンを製造していた。しかし総統はガス兵器に詳しかった。一兵卒だったころ、塹壕で毒ガスの威力を目の当たりにし、それがもたらす苦しみのいくばくかを味わったことがあったのである。

史上初の毒ガス兵器による攻撃は、ベルギーの小さな町イーペル近郊に塹壕を築いていたフランス軍に壊滅的な打撃を与えた。一九一五年四月二十二日木曜日の明け方、兵士たちが目を覚ますと、無人地帯を這い寄ってくる巨大な緑色の雲が見えた。高さは人の背丈の二倍ほどで、冬の霧のように濃く、地平線の端から端まで六キロにわたって広がっていた。通過したあとは木の葉が枯れ、空から死んだ鳥が舞い落ち、草は気味の悪い金属の色に変わった。パイナップルと漂白剤に似た香りが兵士たちの喉をくすぐったとき、毒ガスは彼らの肺の粘液と反応し、塩酸を生成した。ガスの煙が塹壕内にたまっていくにつれて、何百人もの兵士が痙攣を起こし、自らの痰を喉に詰まらせ、口から黄色い泡を吹いて、酸欠で真っ青になりながら次々に倒れていった。「天気予報は正しかった。青い空には太陽が燦々と輝いていた。草地は緑色に輝いていた。我々はこれからやろうとしていることの代わりにピクニックにでも行くべきだった」と、ドイツ軍がその日の朝にイーペルに撒いた塩素ガス六千缶のいくつかを開けた兵士のひとり、ヴィリー・ジーベルトは書いている。「突然、フランス兵たちの叫び声が聞こえた。それから一分もしないうちに、それまで聞いたこともないほどすさまじい小銃や機関銃の一斉射撃の音が聞こえ出した。フランス軍が持っていたあらゆる大砲と小銃と機関銃が火を噴いたに違いない。あんな轟音は聞いたこともなかった。我々の頭上を飛んでいく銃弾の雨は信じがたいほどだったが、それもガスを止めることはなかった。風がガスをフランス軍の陣地に向かって運び続けていた。牛の呻き声と馬のいななきが聞こえた。フランス兵たちはなおも撃ち続けた。自分たちが何を撃っているかも見えなかっただろう。十五分ほど経つと、銃声がやみ始めた。三十分経つと、ときたましか聞こえなくなった。それからまたすべてが静かになった。しばらくすると煙が晴れたので、我々は空になったガス容器を跨いで前進した。我々が目にしたのは完全なる死だった。生きているものは何もなかった。あらゆる動物が巣穴から出てきて死んでいた。ウサギ、モグラ、ドブネズミ、ノネズミの死骸が、至るところに転がっていた。ガスの臭いはなおも空気中に漂っていた。わずかに残った茂みにこもっていたのだ。フランス軍の陣地まで来ると、塹壕のなかは無人だったが、そこから半マイルほど先ではフランス兵の死体がそこらじゅうに散乱していた。信じがたい光景だった。それからイギリス兵も何人か見た。なんとか息をしようと顔や喉をかきむしった跡が見えた。自らを銃で撃った者もいた。まだ厩舎にいた馬、牛、鶏、すべて死んでいた。虫までも、すべてが死んでいたのだ」。

イーペルでのガス兵器による攻撃を計画したのは、この新たな戦争の手法を考案した化学者フリッツ・ハーバーである。ユダヤの血を引くハーバーは真の天才で、イーペルで戦死した千五百人の兵士たちの皮膚を黒く変色させた複雑な分子反応を理解できた、あの戦場でおそらく唯一の人物だった。彼はこの任務の成功により大尉に昇進し、陸軍省化学部門の部長に就任、皇帝ヴィルヘルム二世その人と晩餐をともにした。しかし、ベルリンに戻ったハーバーは妻に詰め寄られた。ドイツの大学で化学の博士号を取得した初の女性クララ・イマーヴァールは、実験室の動物に毒ガスが及ぼす影響を目の当たりにしたばかりか、屋外実験のひとつで突然風向きが変わり、危うく夫を失いかけたこともあった。ガスはハーバーが馬に乗って部隊の指揮を執っていた丘に向かってまっすぐ吹いてきた。フリッツは奇跡的に命拾いしたが、助手のひとりは有毒な煙から逃れることができず、クララはその助手がまるで飢えた蟻の大群に襲われたかのように地面をのたうち回って死んでいくのを目撃した。ハーバーがイーペルでの虐殺から意気揚々と帰還すると、クララは人類を工業規模で絶滅させる手段を開発して科学を貶めたと言って夫を責めたが、フリッツは妻の言葉をまるで無視した。彼にとって戦争は戦争であり、死は死であり、それをもたらす手段が何であろうと変わらなかった。彼は二日間の休暇を利用して友人全員を招き、明け方までパーティーを催したが、それが終わるころ彼の妻は庭に下りてきて靴を脱ぎ、夫の軍用拳銃で自らの胸を撃った。彼女は銃声を聞いて二階から駆け下りてきた十三歳の息子の腕のなかで失血死した。フリッツ・ハーバーはショック状態のまま、翌日には東部戦線での毒ガス攻撃を指揮すべく旅立たねばならなかった。彼は戦争の残りの期間を通じて、妻の亡霊に苛まれながら、より効果的に毒ガスを散布する方法を改良し続けた。「数日おきに、銃弾の飛び交う前線に立つのは実に気分がいいものだ。そこでは、重要なのはただ一瞬であり、唯一の義務は塹壕の範囲内で最善を尽くすことである。それから電話のつながる司令部に戻ると、心のなかでかつて哀れな女から言われた言葉が聞こえてきて、疲労から生まれた幻視のなか、電報と電報のあいだに妻の顔が浮かび上がるのが見える。そして私は苦しむのだ」。

一九一八年の休戦後、フリッツ・ハーバーは連合国側から戦争犯罪人と認定された。彼らも枢軸国側と同じくらい熱心に毒ガスを使ったという事実にもかかわらずである。ハーバーはドイツを逃れてスイスに避難せざるをえなくなるが、そこで自分が戦争の始まる直前に行なった発見によりノーベル化学賞を受賞したという知らせを受けた。その発見は、その後の数十年間で人類の運命を一変させることになる。

一九〇七年、ハーバーは、植物の成長に必要な主たる栄養素である窒素を初めて空気中から直接抽出した。これにより、二十世紀初頭に未曾有の世界的飢餓を引き起こす恐れのあった肥料不足を一夜にして解決したのである。ハーバーがいなければ、農作物の肥料としてそれまでグアノや硝石のような天然資源に依存していた何億もの人々が食糧不足で命を落としていたかもしれない。それまでの数世紀、ヨーロッパの飽くなき需要から、イギリス人の集団がエジプトまで赴き、古代のファラオの墳墓から、黄金や宝石や骨董品ではなく、死後の世界でも仕え続けさせるべくナイルの王たちとともに埋葬された無数の奴隷たちの骨に含まれる窒素を略奪していった。英国の墓荒らしはすでにヨーロッパ大陸の窒素は取り尽くしていた。アウステルリッツやライプツィヒやワーテルローの戦場で死んだ何十万もの兵士や馬の骨を含む三百万以上の骸骨を掘り起こし、それを船でイングランド北部のハル港に運び、ヨークシャーの骨粉砕機にかけられた骨がアルビオンの緑の大地を肥沃にした。大西洋の向こうでは、北米の大草原で殺戮された三千万頭以上のバイソンの頭蓋骨が、貧しい農民や先住民の手でひとつひとつ拾われてノースダコタの骨組合に売られ、そこで教会ほどの大きさに山積みにされ、その後、肥料および、当時入手可能だった最も濃い顔料「ボーンブラック」を製造するためにそれらを粉砕する工場に運ばれた。実験室でハーバーが成し遂げたことを、ドイツの大手化学メーカーBASFの主任技師カール・ボッシュが、従業員数が五万人以上の小都市ほどの規模の工場であれば数百トンの窒素を製造可能な一大産業に変えた。ハーバー・ボッシュ法は二十世紀で最も重要な化学的発見だった。利用可能な窒素を倍増させたことで、百年足らずのあいだに人類の総人口を十六億から七十億に引き上げるほどの人口爆発を可能にした。今日、我々の体内にある窒素原子の五〇パーセント近くが人工的につくられたもので、世界人口の半数以上がハーバーの発明による肥料で育てられた食糧に依存している。現代の世界は、当時の新聞の言葉を借りるなら「空気からパンを取り出した」この男なしには存在しえなかっただろうが、彼の奇跡的な発見の直接の用途は飢えた大衆に食料を与えることではなく、第一次大戦中、イギリス艦隊によってチリ硝石の入手経路を断たれたドイツが火薬や爆薬の製造を続けるのに必要な原材料を調達することであった。ハーバーの窒素によってヨーロッパでの戦闘はさらに二年続くことになり、両陣営の死傷者は数百万人にのぼった。

長引く戦争で苦しんだ人々のなかに二十五歳の若い士官候補生がいた。芸術家志望だった彼はあらゆる手段を尽くして徴兵を免れていたが、一九一四年一月、ミュンヘンのシュライスハイマー通り三十四番地をついに警察が捜索にやってきた。投獄すると脅されて、彼はザルツブルクに身体検査のため出頭したが、「虚弱体質で武器を持つこともできない不適格者」と認定される。同じ年の八月――来たる戦争に参加したいとの思いを抑えきれず、何千人もの男たちが自発的に軍に入隊していたころ――若い画家は突如として態度を変える。バイエルン国王ルートヴィヒ三世に宛てて直接手紙をしたため、バイエルン軍にオーストリア人として加わりたいと願い出たのだ。許可はその翌日に届いた。

バイエルン軍歩兵連隊（「リスト連隊」）の仲間たちから親愛の情を込めてアディと呼ばれるようになった青年は、入隊したばかりの若い新兵たちがわずか二十日間で四万人も死んだことから、ドイツでは「イーペルの罪なき者たちの虐殺」という名で知られるようになる戦いに直接送られた。彼のいた中隊を構成していた二百五十人のうち、生き延びたのは四十人だけで、アディもその一人だった。彼は鉄十字章を授与され、伍長に昇進、連隊本部の伝令兵に任命された。そのため、続く数年間は前線から離れた快適な場所で政治関連の本を読んだり、フクスル（小さなキツネ）と名づけた飼い犬のフォックステリアと遊んだりして過ごした。余暇には青みがかった水彩画を描いたり、ペットや兵舎での暮らしを木炭でスケッチしたりもした。一九一八年十月十五日、陰々滅々としながら新たな任務を待つあいだ、イギリス軍によるマスタードガス攻撃で一時的な失明に陥り、戦争末期の数週間、ポンメルン地方の小さな町パーゼヴァルクにある病院で療養生活を送った。彼は両目が真っ赤に焼けた二つの石炭になったような気がした。ドイツの敗北と皇帝ヴィルヘルム二世が退位に署名したとの知らせを聞いたとき、彼は毒ガスによるそれとはまるで異なる二度目の失明の発作に見舞われた。「目の前がすべて真っ暗になった。手探りでよろよろと病室に戻り、寝台に身を投げ出すと、焼けるような頭を枕に埋めた」。数年後、未遂に終わったクーデターの首謀者として反逆罪で告発され、収監されたランツベルク刑務所の独房でこう回想している。彼はこの刑務所で、自らの第二の祖国に対して戦勝国側が課した条件と、最後のひとりになるまで戦わずに降伏の道を選んだ将軍たちの臆病さに屈辱を感じつつ、憎悪の念に苛まれながら九か月を過ごした。彼は獄中から復讐を企てた。自らの個人的な闘争についての本を著し、ドイツを世界のすべての国の頂点に押し上げる計画を詳述し、必要とあらば自らの手でそれを実行するつもりだった。戦間期、アディが国家社会主義労働者党のトップに昇りつめ、のちに彼を全ドイツの総統の座に就かせることになる人種差別的かつ反ユダヤ的な演説をがなり立てていたころ、フリッツ・ハーバーは祖国の失われた栄光を取り戻すべく彼なりの努力をしていた。

窒素の成功に勢いづいたハーバーは、自らにノーベル賞をもたらしたものと同じくらい驚異的な科学処理によって、ワイマール共和国を再興し、国の経済を圧迫していた戦争賠償金を賄おうと企てた。海の波から金を採取するというのである。疑惑を招かぬよう偽名で旅行し、北極の氷片から南極の氷山までを含む、世界中のさまざまな海水のサンプルを五千も収集した。彼は海洋中に溶け出している金を採掘できるものと確信していたが、何年もの苦労の末、当初の計算がこの貴金属の含有量を数桁過大評価していたことを認めざるをえなくなった。彼は手ぶらで祖国に戻った。

ドイツでのハーバーは、周囲で反ユダヤ主義が高まるなか、カイザー・ヴィルヘルム協会の物理化学・電気化学研究所の所長としての仕事に逃避した。アカデミズムというオアシスにつかの間の庇護を得たハーバーと部下たちは、いくつかの新たな物質を生み出した。そのひとつがシアン化物を用いてつくられたガス殺虫剤で、その効果があまりに強力だったことから、ドイツ語で「ハリケーンの風」を意味するツィクロンと名づけられた。この化合物の劇的な効果は、ハンブルク―ニューヨーク間を行き来する貨物船の害虫駆除にそれを初めて使用した昆虫学者たちを驚愕させ、彼らはハーバーに直接手紙を書き送り、その「駆除処理の究極の優雅さ」を称賛した。ハーバーは国家害虫駆除委員会を設立し、ここを基盤に、ドイツ海軍の潜水艦の虱と蚤、陸軍の兵舎の鼠とゴキブリの駆除を指揮した。彼は、ドイツ政府が国内全土に散らばるサイロに備蓄していた小麦を襲う蛾の軍団に対しても戦いを挑んだ。ハーバーは上官たちにこれを「ゲルマン民族の生活空間の安寧を脅かす聖書の疫病」と表現した。しかしそのとき、その上官たちがハーバーのユダヤ人のルーツを分かち合うあらゆる人々の迫害を実行し始めていたとは知らなかった。

フリッツは二十五歳でキリスト教に改宗していた。祖国とその生活習慣にあまりにも同化していたため、子どもたちはドイツから逃げねばならないと父親に言われて初めて自らの祖先のことを知った。ハーバーは子どもたちに続いて脱出し、イギリスに亡命を求めたが、化学戦争で彼の果たした役割を知っていた英国人の同僚たちから激しく拒絶された。ハーバーは着いて早々にイギリスを去らねばならなかった。そこからは各国を転々とし、血管が心臓にじゅうぶんな血液を送ることができず、痛みに胸を締めつけられながら、パレスチナを目指そうとした。一九三四年、フリッツ・ハーバーはバーゼルで、冠動脈を拡張するための注射器を握り締めながら死んだ。それから数年後に、彼が開発に協力した殺虫剤がナチのガス室で使用され、彼の異母妹と義弟と甥たち、その他大勢のユダヤ人が殺されることになるとも知らずに。彼らはしゃがみ込んだまま、筋肉は硬直し、皮膚は赤や緑の斑点で覆われ、耳から血を流し、口から泡を吹いて死んでいき、若者は子どもや年寄りを押しのけて裸の死体の山によじ登り、あと数分、あと数秒でも長く息をしようとした。というのも、ツィクロンBは天井の穴から注入されると床付近にたまったからである。ガス室の換気扇でシアン化物の煙が消散すると、人々の死体は巨大な焼却炉まで引きずられていった。遺灰は集団墓地に埋められるか、川や池に捨てられるか、周囲の畑に肥料として撒かれるかした。

フリッツ・ハーバーが死んだときに彼の手元にあったわずかな持ち物のなかに、亡き妻に宛てて書かれた一通の手紙があった。そのなかで彼は耐えがたい罪悪感を覚えていると打ち明けている。だがそれは、彼がかくも多くの人類の死に直接的、間接的に果たした役割のためではなく、空気から窒素を抽出する自らの方法が地球の自然の均衡をあまりに大きく狂わせてしまった結果、この世界の未来は人類ではなく植物のものになるのではないか、というのもわずか二、三十年で世界の人口が近代以前の水準にまで減少すれば、植物は人類が彼らに遺した過剰な養分を利用して野放図に成長し、地球全体に広がって、ついには地表を完全に覆い尽くし、その恐るべき緑の下であらゆる生命体の息の根を止めてしまうのではないかと恐れていたためであった。

シュヴァルツシルトの特異点

一九一五年十二月二十四日、ベルリンの集合住宅で紅茶を飲んでいたアルベルト・アインシュタインは、第一次世界大戦の塹壕から送られてきた一通の封筒を受け取った。

封筒は戦火の大陸をくぐり抜けてきたので、汚れて皺だらけで泥まみれだった。角のひとつが完全に破けていて、差出人の名前は血の染みで隠れていた。アインシュタインは手袋をはめて封筒をつかむと、ナイフで封を開けた。なかには、天文学者、物理学者、数学者、そしてドイツ陸軍中尉でもある天才カール・シュヴァルツシルトの生前最後の輝きを秘めた手紙が入っていた。

「ご覧のとおり、激しい銃撃戦にもかかわらず、戦争は私にじゅうぶん親切にしてくれたので、すべてから逃れ、あなたの思弁の地でこの短い散歩をすることができたというわけです」と結ばれたその手紙を読んでアインシュタインは驚愕したが、それは、ドイツで最も尊敬されている科学者のひとりがロシア戦線で砲兵部隊を率いていたからでもなければ、友人が来たるべき災厄について謎めいた警告の言葉を記していたからでもなく、裏面に書かれていたことが理由だった。シュヴァルツシルトはそこに、アインシュタインが解読するのにルーペを要したほどの細かい手書きの文字で、一般相対性理論の方程式の最初の厳密解を記して送ったのである。

アインシュタインは何度もそれを読み返さねばならなかった。自分があの理論を発表してからどれくらいになる？　一か月？　一か月未満？　それを編み出した彼自身ですら近似解しか割り出せていないというのに、シュヴァルツシルトがあれほど複雑な方程式をこれほど短期間で解くなど不可能な話だった。シュヴァルツシルトの解は正確だった。ひとつの星の質量が周囲の空間と時間をいかに歪めるかを完璧に記述していた。

解を前にしても、アインシュタインはまだ信じられなかった。もっぱらその複雑さゆえに、その時点までは大した反響もなかった自らの理論への科学界の関心を高めるには、これらの結果が不可欠なものとなることはわかっていた。アインシュタインは、少なくとも自分が生きているあいだは、誰もこの方程式を満足に解くことはできないだろうとすでに諦めていた。迫撃砲の爆発と毒ガス弾の煙のなかでシュヴァルツシルトがそれを成し遂げたというのは、まさに奇跡だった。「かくも簡単にあの問題の解を定式化できるとは想像もしませんでした！」アインシュタインは落ち着きを取り戻すとすぐにシュヴァルツシルトに返事をしたため、自分が死者に宛てて書いているとも知らず、あなたの成果をできるだけ早くアカデミーに提出すると約束した。

シュヴァルツシルトが解を得るのに用いた仕掛けは単純だった。自転せず電荷もない、完全な球体をした観念上の星を分析対象とし、そこにアインシュタインの方程式を当てはめて、その星の質量が、ベッドに置かれた砲弾がマットレスをへこませるように、空間の形状をいかに変容させるかを計算したのである。

彼の計測はきわめて正確だったので、今日でも星の運動や惑星の軌道をたどったり、重力の影響が強い天体のそばを通過する光の歪みを測定する際に用いられている。

しかし、シュヴァルツシルトの得た結果には何かとてつもなく奇妙な点があった。

この解は普通の星に対しては機能する。そこでは、アインシュタインが予知したように、空間はゆるやかに湾曲し、星はそのくぼみの真ん中に、ハンモックのなかで眠る二人の子どものように浮かんでいる。問題が生じるのは、巨大な恒星が燃え尽きて自壊し始める際に起こるように、小さな領域にあまりにも多くの質量が凝縮するときである。シュヴァルツシルトの計算によれば、そこでは空間と時間は歪むのではない。裂けるのだ。星はどんどん小さくなり、その密度はますます高まっていく。重力があまりに強くなるので、空間は無限に歪んだ末に、自らを閉じる。その結果、宇宙の他の部分から永遠に切り離された、逃げ場のない深淵が現われる。

これは「シュヴァルツシルトの特異点」と呼ばれた。


当初、シュヴァルツシルト本人ですらこの結果を数学的逸脱として却下した。結局のところ、物理学には紙の上の数字、現実世界の対象を表わすのではない抽象的なもの、または計算上の間違いを示すだけのものがごまんとある。彼の計算における特異点は明らかにそれ、すなわち間違い、異常、形而上的妄想であると。

なぜなら他の可能性は考えようもなかったからだ。シュヴァルツシルトの観念上の星から一定の距離まで来ると、アインシュタインの数学は破綻する。時間は静止し、空間は蛇のようにとぐろを巻く。死につつある星の中心では、すべての質量が無限の密度を有する一点に集中する。シュヴァルツシルトにとって、宇宙にそのようなものが存在しうるというのは考えられないことだった。常識を覆し、一般相対性理論の正当性に疑問を投げかけるばかりか、物理学の根幹を揺るがす話である。特異点においては空間と時間の概念そのものが意味を失うのだから。カールは自らが発見した謎を論理的に解く方法を探そうとした。きっと自分の思いつきそのものに問題があったのだろう。完全な球体で、微動だにせず、電荷もない星など存在しないからだ。この例外的な事象は、彼が宇宙に課した観念上の条件から生じたものであり、現実には再現不可能なのだ。彼は自分に言い聞かせた。この特異点というものは恐ろしいがあくまで想像上の怪物であり、張り子の虎、中国の龍なのだと。

ところがそのことがどうしても頭から離れない。戦争の混乱のなかにあっても、特異点は彼の心に染みのように広がり、塹壕の地獄と重なり合った。彼はそれを仲間たちの銃創に、泥のなかで死んでいる馬の目に、ガスマスクのガラスの反射のなかに見た。彼の想像は自らの発見の引力に囚われていた。戦慄を覚えつつ、仮に特異点が存在するとしたら、それは宇宙の終わりまで続くであろうということに彼は気づいた。その観念上の条件により、特異点は永遠の物体と化し、増大も減少もせず、つねに同じであり続ける。他のあらゆるものとは異なり、それは変化とは無縁で、二重の意味で逃れがたいものだった。彼の生み出したその奇妙な空間幾何学のなかで、特異点は時間の両極に位置していた。そこから最も遠い過去に逃れても、最も遠い未来に旅をしても、必ず同じ場所に戻ることになる。

自らの発見をアインシュタインと分かち合うことを決めた同じ日に書かれ、ロシアから妻に宛てて送った最後の手紙のなかで、カールは自分のなかで芽生え始めていた奇妙なものについて愚痴をこぼしている。「それをどう名づけたり定義したりすればいいかわからないが、抑えがたい力があって、私のあらゆる思考を曇らせる。それは形も次元もない空虚、見ることはできないが、私が全霊で感じとることのできる影なのだ」。

その直後、不快感が彼の肉体を襲った。

その病は口角にできた二つの水ぶくれから始まった。ひと月も経たないうちに、水ぶくれは手、足、喉、唇、首、性器を覆った。二か月後、彼は死んでいた。

軍医たちは天疱瘡《てんぽうそう》と診断した。体が自身の細胞を認識できず、激しく攻撃してしまう病気である。アシュケナジムと呼ばれるドイツ・東欧系のユダヤ人によく見られ、治療に当たった医師たちからは、数か月前に毒ガス攻撃にさらされたことが引き金となった可能性があると伝えられた。そのときのことをカールは日記にこう書いている。「月があまりに速く空を横切っていくので、時間が早まったように思われた。部下たちは武器の用意を整えて攻撃命令を待っていたが、この奇妙な現象を彼らは凶兆だと考えた。彼らの顔に恐怖が浮かんでいるのが見えた」。カールは配下の者たちに、月の性質はなんら変わっていない、薄い雲の層が通過することによって月が大きく速く見える、目の錯覚なのだと説明しようとした。カールは自分の子どもに語りかけるのと同じように優しく語りかけたが、彼らを納得させることはできなかった。彼自身、戦争が始まって以来、何もかもがまるで坂道を転がり落ちていくように速く動いているような感覚を拭い去ることができずにいた。空が晴れると、全速力で馬を駆る二人の兵士が見え、続いて濃い煙が海の波のように押し寄せてきた。煙は崖壁のように高く、地平線いっぱいに広がっていた。遠くからは動いていないように見えたが、すぐに片方の馬の足を包み込み、馬も兵士も崩れ落ちた。警報が塹壕中に鳴り響いた。カールは恐怖で凍りついた若い二人の兵士のガスマスクのゴム紐を調整するのを手伝ってやらねばならず、自分のガスマスクをかろうじて装着した瞬間、ガスの煙が彼らの上に降りてきた。

開戦時、シュヴァルツシルトはすでに四十歳を越え、ドイツで最も権威ある天文台の台長を務めていた。この二つの条件のいずれかを満たしていれば兵役を免除されていたはずだ。だがカールは祖国を愛する名誉ある人物であり、他の何千ものユダヤ系ドイツ人と同じく、愛国心を示したがっていた。友人たちの忠告や妻の警告に耳を貸さず、彼は自らすすんで入隊した。

戦場の現実を目の当たりにし、近代戦の恐怖を身をもって味わう前、シュヴァルツシルトは軍隊の仲間意識によって自分が若返ったように感じていた。自らの大隊が初めて配備されてからは、誰に頼まれたわけでもないのに、カールは戦車の照準器の精度を完璧にするシステムを考案し、それを余暇に、かつて初めて望遠鏡を組み立てたときと同じように熱心に作り上げた。まるで、数か月にわたる訓練期間の模擬演習で子ども時代の抑えがたい好奇心を取り戻したかのように。

彼は光に取り憑かれて育った。七歳のとき、父親の眼鏡を分解し、その二枚のレンズを丸めた新聞紙の両端にはめて、弟に土星の環を見せてやった。空が完全に曇っていても夜通し起きていることがあり、あるとき、真っ暗な夜空をじっと見つめている息子を見て心配した父親が、いったい何を探しているのかと尋ねた。カールは、自分にしか見えない星が雲の向こうに隠れているのだと答えた。

彼は話せるようになった瞬間から星のことばかり話した。商人と芸術家の家系で最初の科学者となった。十六歳のとき、権威ある学術誌「天文学通信」に連星系の惑星軌道に関する研究論文を投稿した。二十歳になる前に、星の——ガス状星雲としての星の形成から最後の壊滅的な爆発に至るまでの——進化に関する論文を書き、星が放つ光の強さを測定するシステムを発明した。

数学、物理学、天文学は同じひとつの知を構築し、全体として理解されるべきであると彼は確信していた。ドイツは古代ギリシアに匹敵する文明大国になる可能性があると信じていたが、そのためにはドイツの科学を哲学や芸術がすでに到達している高みにまで引き上げる必要があった。なぜなら、「聖人か狂人、または神秘主義者のごとき俯瞰的視点のみが宇宙の成り立ちを解き明かすことを可能にする」からである。

子どものころは、寄り目がちで、耳は大きく、団子鼻に薄い唇、とがった顎をしていた。大人になると、広く秀でた額にまばらな髪の毛は中途半端な禿げ具合を予感させ、知性溢れる目、ニーチェのように分厚いカイゼル髭にいたずらっぽい笑みを隠していた。

彼はユダヤ人学校に通い、そこで「ヨブ記の『神は北を虚空に張り、地を何もない上に掛けられる』という一節の真の意味は何ですか?」と答えようもない質問をしてラビたちの我慢も限界に達した。土星の環の安定性に執着していたカールは、ノートの余白、同級生たちを苛立たせていた算数の問題の横に、回転する液体の平衡の計算をしていた。彼は繰り返し見る悪夢のなかで、それが何度も崩壊するのを見ていた。父親は息子の強迫観念を和らげようと、ピアノのレッスンに無理やり通わせた。二回目のレッスンが終わるとカールは楽器のふたを開け、音の背後にある論理を理解すべくすべての弦を分解してしまった。彼はケプラーの『宇宙の調和』を読んでいた。ケプラーはそれぞれの惑星が太陽の周りを通過する際にある旋律を奏でていて、その天球の音楽は我々の耳では聞き分けることができないが、人間の知性で解読できると信じていた。

彼は驚くという能力を決して失わなかった。大学生のころ、ユングフラウヨッホの峰から皆既月食を観察し、その現象をもたらす天体のメカニズムは理解したが、月のような小さな天体がヨーロッパ全土を最も深い暗闇に陥れることができるとは信じがたかった。「宇宙とはなんと奇妙なものか、どんなに小さな子どもでも指一本で太陽を遮ることのできる光学や遠近法の法則とはなんと気まぐれなものか」と、画家としてハンブルクに住んでいた弟アルフレートに宛てた手紙に書いている。

博士号を取得した論文では、衛星が周回する惑星の引力による変形を計算した。月では、地球の質量がその表面全体に、月が我々の海に与える影響と同じように潮汐を引き起こしている。月の場合、それは高さ四メートルほどの固い岩石の波で、地殻に沿って広がっている。二つの天体間の引力により、回転周期は完全に同期している。月は我々の惑星の周りを公転するのとちょうど同じ時間をかけて自転しているため、月の裏側はつねに我々の視界から隠されている。人類が誕生してから一九五九年にソ連の探査機ルナが初めて写真に収めるまで、月の闇の側は我々にとって未知の領域だった。

カフナー天文台で研修していたころ、オリオン座の肩の上方にある御者座の連星のひとつが新星になった。数日のあいだ、それは夜空で最も明るい天体となった。この連星のうち、白色矮星はすべての燃料を使い果たしたあとで永遠とも思える眠りについていたが、伴星である赤色巨星のガスを養分にして、巨大爆発とともに息を吹き返したのである。シュヴァルツシルトは三日三晩寝ずにこれを観察した。星の壊滅的な死を理解することが、人類が将来生き延びるために不可欠であると思われたのだ。もしそのどれかが地球の近くで爆発したら、地球の大気が奪われ、あらゆる生命が絶滅してしまうかもしれない。

二十八歳になった翌日、彼はドイツで最年少の大学教授となった。その地位に就くにはキリスト教の洗礼を受けねばならないという条件を拒絶したにもかかわらず、ゲッティンゲン大学天文台の台長に任命されたのである。

一九〇五年、皆既日食を観察するためアルジェリアに渡航したが、最大露出時間を守らずに左目の角膜を傷めてしまった。数週間つけていた眼帯を外したとき、視界に二マルク硬貨大の影があり、目を閉じても消えないことに気がついた。医者からはこの損傷は元には戻らないと告げられた。将来的な失明が天文学者としてのキャリアに及ぼす影響を心配する友人たちに、彼はなかば冗談で、なかば真剣に、自分は神話のオーディンのように、片目でより遠くを見るためにもう片方の目を犠牲にしたのだと言った。

目の事故で能力が衰えていないことを証明するかのように、その年、シュヴァルツシルトは取り憑かれたように研究に打ち込み、論文を次々に発表した。放射による星のエネルギー輸送を分析し、太陽大気の平衡に関する研究を行ない、星の速度分布図を描き、放射輸送をモデル化するメカニズムを提案した。彼の思考はあるテーマから別のテーマへと飛び回り、自らの衝動を抑えきれなかった。アーサー・エディントンは彼をゲリラの指揮官になぞらえた。「予想だにしない場所へと攻撃を仕掛け、その知性の貪欲さは限界を知らず、あらゆる知の領域にまたがっていた」という理由からである。学問的生産にかける彼の狂気じみた熱意を懸念した同僚たちは、彼を突き動かしている火がやがて彼自身を焼き尽くしてしまうのではないかと恐れて、ほどほどにするよう警告した。カールは相手にしなかった。彼は物理学だけでは飽き足りなかった。かつて錬金術師たちが追い求めた類の知を求めて、自分自身にも説明のつかない奇妙な切迫感に駆られて研究に励んだ。「私はしばしば天に背くこともしてきた。私の興味は月の彼方の宇宙にあるものにとどまらず、そこから人間の魂の最も暗い領域まで紡がれる糸をたどってきた。そこにこそ科学という新たな光を当てねばならないからだ」。

彼は何をするにも行き過ぎてしまうところがあった。弟のアルフレートに誘われて参加したアルプス遠征中には、数メートル離れた断崖の縁にいる二人の同僚に近づいて、雪渓の永久凍土にピッケルで記号を描いて、一緒に取り組んでいた方程式を解くというただそれだけのために、氷河を渡る際に最も切り立った場所でガイドにロープを緩めるよう命じ、登山隊の全員を危険にさらした。大学時代にはほぼ毎週末、シュヴァルツヴァルトの山々を兄とハイキングしていたアルフレートも、兄のあまりの無責任さに激高し、以後二度と一緒に山に登ることはなかった。アルフレートは兄がどれほど執着心の強い人間かを知っていた。大学卒業の年、兄弟はハルツ山地のブロッケン山頂で吹雪に行く手を阻まれた。彼らは凍死しないよう雪洞を掘り、子どものように抱き合って眠らねばならなかった。一袋の胡桃を分け合って飢えを凌いだが、水も雪を溶かすマッチも尽きたとき、星明かりのみを頼りに深夜の下山を余儀なくされた。アルフレートは怯え切ってつまずきながら降りていったが、なんとか無傷だった。カールは一歩も足を踏み外すことなく、まるで暗闇でもどういうわけか道が見えているかのようだったが、寒さのせいで右手の神経を傷めてしまった。雪洞のなかで何度も手袋を脱いで、一連の楕円曲線の計算を見直していたのである。

彼は実験者としてもやはり衝動的だった。記録も残さず、ある機器の部品を外しては別の機器で使用するのに慣れていた。絞りが至急必要となれば、レンズキャップに穴をあけさえすればよかった。ポツダム天文台を監督するためにゲッティンゲンを離れたとき、後任者は就任の前に辞職するところだった。シュヴァルツシルトのもとで天文台の設備がどれほど劣化したかを確認すべく総点検したところ、最も大型の望遠鏡の焦点面の内側に、ミロのヴィーナスの透かし絵を見つけたのだ。それはカシオペア座がちょうど女神の両腕を描くように配置されていた。

彼は女性に関して極度に不器用だった。女子学生たちに追いかけられ、「目がキラキラの先生」などと呼ばれたが、将来の妻エルゼ・ローゼンバッハにキスする勇気を出したのは、二度目の求婚をしたときだけだった。エルゼは自分に対する彼の興味は単に知的なものでしかないことを恐れて最初の求婚を断った。カールはあまりにも内気だったので、長きにわたる求愛期間を通じて彼女に触れたのは一度きり、しかもそれすら間違えてしたことだった。彼女が小さな手製の望遠鏡のレンズで北極星に焦点を合わせるのを手伝っていた際に、彼女の胸に手を置いてしまったのだ。二人は一九〇九年に結婚し、一人娘アガーテと、二人の息子マルティンとアルフレートをもうけた。長女は古典を学んでギリシア文献学の専門家になり、長男はプリンストン大学の天体物理学の教授となったが、末っ子アルフレートは心音に異常があり、つねに瞳孔が開いたままで、生涯を通じて何度も神経衰弱を患い、ユダヤ人迫害が始まると、ドイツから逃れることができずに自殺を遂げた。

多くの敏感な人々と同じく、第一次世界大戦が近づくにつれて、シュヴァルツシルトもまた差し迫った災厄の予感に苛まれていった。それは彼のなかで具体的な恐怖となって現われた。物理学では星の運動を説明したり宇宙の秩序を見出したりすることはできないのではないか。「ひょっとして、静止している何かがあって、その周りに宇宙の他の部分が構築されているのだろうか？　あるいは、あらゆるものが閉じ込められているように見えるこの無限の運動の連鎖のなかに、すがりつく場所はどこにもないのだろうか？　いったい我々がどれほどの不安に陥っているか理解してほしいものだ！　なにしろ、人間の想像力は錨を下ろすことのできる場所をひとつも見つけられず、世界中のどの石にも自らを不動とみなす権利がないのだから」。シュヴァルツシルトは新たなコペルニクスの出現を夢見るようになった。複雑な天体のメカニズムをモデル化し、天空に星が描く複雑な軌道を律する図式を見出すことのできる誰かの出現を。それ以外の可能性は彼には耐えがたいものだった。つまり「完全に不規則な形で行き来する気体の分子に匹敵し、それ自体のカオスが原理として君臨しつつあるような」、偶然に身を委ねる死んだ球体が存在するだけだとしたら。彼はポツダムで、二百万以上の星の運動を追跡し、可能なかぎり正確に記録する協力者たちの巨大なネットワークを築き上げた。彼の望みはそれらの論理を理解することのみならず、我々が最終的にどこへ導かれようとしているのかをなんとかして解読することでもあった。なぜなら、重力で結ばれた二つの物体の運動はニュートンの法則によって正確に知ることができるが、そこへ第三の物体が加わったとたん予測不能になるからだ。これに基づいて、シュヴァルツシルトは、我々の惑星系は長期的に見るとこれ以上ないほど不安定なものであると考えた。たとえその秩序が百万年、いや十億年にもわたって保証されていたとしても、いずれ惑星は軌道を外れ、巨大なガス星雲が周囲の惑星を呑み込み、地球は太陽系から押し出され、宇宙の形状が平面でないかぎり、時の終わりまで孤独な星として宇宙をさまようことになると。アインシュタインに先んじて、シュヴァルツシルトは、宇宙の幾何学は単純な三次元の箱ではなく、ねじれたり変形したりしうるものであるという仮説を構想していた。彼は論文「空間の許容曲率について」のなかで、我々が住んでいるのは半球形の宇宙で、それはウロボロスのように自らを包み込む奇妙な世界を生み出すかもしれないという可能性を分析している。「そのとき、我々はおとぎの国の幾何学のなかに自らを見出すことになり、その鏡の間が映し出すぞっとする光景は――およそ理解できないものすべてを嫌悪し敬遠する――文明人の心には耐えがたいものとなろう」。一九一〇年、彼は星にさまざまな色があることを発見し、ポツダム天文台の守衛（そこで働いていた彼以外で唯一のユダヤ人）の助けを借りて組み立てた特殊なカメラを使って初めてそれを観測した。その守衛とはよく朝まで酒を酌み交わす仲だった。三脚代わりに守衛の箒の上に置いたこのカメラで、彼は円を描くようにふらつきながらさまざまな角度から写真を撮影し、我々の太陽の何百倍もある巨大な恒星、赤色巨星の存在を確認した。彼のお気に入り――アンタレス――はルビー色をしていた。アラブ人はこれを「サソリの心臓《カルブ・アル・アクラブ》」と呼び、ギリシア人は軍神アレスの唯一の敵とみなした。四月、シュヴァルツシルトは、それまでつねに凶兆とみなされてきたハレー彗星の回帰を撮影するため、テネリフェ島への遠征を企画した。西暦六六年、歴史家フラウィウス・ヨセフスはこれを「剣に似た星」と形容し、ローマ軍によるエルサレムの破壊を警告しに来たものと記述している。一二二二年、空に現われた彗星はチンギス・ハンにヨーロッパ侵攻を促すことになる。シュヴァルツシルトは、彗星の尾の巨大な跡――今回、地球が六時間かけて通過する――がつねに太陽とは反対側に流れるという事実にすっかり魅了されていた。「天から投げ落とされ、どんどん落下していく天使のような勢いであの尾を引きずるのは、いったいどんな風なのだろうか？」

それから四年後に戦争が勃発したとき、シュヴァルツシルトは真っ先に志願したひとりとなった。

彼は千年の歴史があるベルギーのナミュールの城塞を包囲する大隊に配属され、市を取り囲む環状要塞の破壊をもくろむドイツ軍の砲撃を支援した。シュヴァルツシルトは気象観測所で訓練を受けていたので、攻撃の先頭に立たされた。ドイツ軍の進撃は、何の前触れもなく発生した霧に阻まれた。霧があまりに濃いため昼間でも夜のようで、両軍とも暗闇に包まれて、自軍の兵士を撃つのを恐れて攻撃できずにいた。「この国の気候はどうなっているのか、支離滅裂で奇妙で、我々の支配や知識にこれほどまでに逆らうとは」と彼は、霧の影響を打ち消す方法、少なくともいつ発生するかを予測する方法を見つけようと一週間かけて考えた末、妻に宛てて手紙を書いた。彼の失敗を目の当たりにして、上官たちは部隊を安全な距離まで撤退させ、大規模な無差別砲撃を実行することを選択した。弾薬を惜しまず、民間人に死傷者が出る可能性も気にかけず、部隊が「太っちょベルタ」と綽名をつけた巨大な大砲を使って口径四十二センチメートルの砲弾を撃ち込み続け、ついにローマ帝国の時代以来外敵の攻撃に屈したことのない城塞都市は瓦礫の山と化した。

そこからシュヴァルツシルトはフランス戦線のアルゴンヌの森に駐屯する第五軍砲兵連隊に転属となった。指揮官に自己紹介すると、夜中にフランス軍に降り注ぐ予定のマスタードガス入り曲射砲弾二万五千発の弾道を計算するよう命じられた。「彼らは風と嵐を予測するのを手伝ってほしいと言うが、それらを煽る火をかき立てているのは我々自身なのだ。彼らは我々の砲弾を敵に命中させるための理想の弾道を知りたがるが、我々全員を引きずり込むあの楕円は見えていない。将校たちが、我々はますます勝利に近づいているとか、この戦争の終結は手の届くところにあるとか言うのは聞き飽きた。昇ればいつかは落ちるということに彼らは気づかないのだろうか？」

戦争の惨禍のなかにあっても、彼が研究を放棄することはなかった。軍服の下、胸の内側にはメモ帳を忍ばせていた。中尉に昇進すると、その特権を利用してドイツで刊行されている最新の物理学の出版物を取り寄せるよう頼んだ。一九一五年十一月、雑誌「アナーレン・デア・フィジーク」四十九号に掲載された一般相対性理論の方程式を読み、一か月後にアインシュタインに送ることになる解に取り組み始めた。その瞬間から彼は、メモの取り方にまで影響を及ぼすほどの変化を遂げた。手書きの文字はどんどん小さくなり、やがてほとんど判読不能になった。日記や妻に宛てた手紙では、かつての愛国主義的な熱意が戦争の無意味さに対する辛辣な不満と将校団への高まる軽蔑の念に取って代わり、彼の計算が特異点に近づくにつれてそれはいや増すばかりだった。ついにそこに到達したとき、他のことはもう何も考えられなくなっていた。あまりに没入し我を忘れていたので、敵の攻撃の最中に身を隠すことができず、彼の頭から数メートルのところで迫撃砲が炸裂し、どうやって命拾いしたかは誰にもわからなかった。

冬が始まる前、彼は東部戦線に送られた。道中で遭遇した兵士たちからは、民間人の恐ろしい虐殺や婦女暴行や大量の国外追放の噂を聞かされた。一夜にして壊滅した村々。まるで存在しなかったかのように地図から消え失せた、何の戦略的価値もない都市。残虐行為は軍の論理にまるで従わないところで起こり、多くの場合、どちらの陣営に責任があるかもわからなかった。兵士たちの集団が、パニックに陥って身動きできずに遠くで震えている飢えた犬を狙って射撃訓練をしているのを目撃したとき、シュヴァルツシルトのなかで何かが壊れた。仲間たちの日常や風景の美しさをよく描いていた絵は、戦争が進むにつれてますます寒々しく陰気になり、ページ全体が端で切れた太い木炭の線や真っ黒な螺旋模様だらけになってしまった。十一月末、彼の大隊はベラルーシのコサヴァ郊外に駐屯する第十軍に加わった。カールは小規模な砲兵旅団を指揮することになった。彼はそこからポツダム大学の同僚アイナー・ヘルツシュプルングに手紙を書き、そのなかに彼の特異点に関するスケッチや、皮膚に現われ始めていた水疱の描写や、彼自身は愛してやまないが、いまや奈落に落ちようとしている国ドイツの魂に戦争が及ぼす悪影響についての長い省察が含まれていた。「我々は文明の高みにたどり着いた。あとは転落あるのみだ」。

天疱瘡。潰瘍と壊疽を伴う重度の皮膚炎。彼は食道内にできた水ぶくれのせいで固形物を呑み込めなくなった。水を飲もうとすると、口と喉にできた水疱が熱い石炭のように燃えた。カールは除隊になり、医者たちからも見放されたが、一般相対性理論の方程式に関する研究を続け、自らの思考の速度を制御できず、肉体が病に蝕まれるにつれてそれはいや増すばかりだった。彼は生涯で百十二本の論文を発表したが、これは二十世紀の科学者のほとんど誰も成し遂げられなかった数である。最後の数本は、担架に腹ばいになり、両腕をその縁にかけ、床に置いた紙の上に書いた。全身は水ぶくれが破れたあとにできたかさぶたや腫瘍に覆われ、彼の肉体はあたかも戦火に燃えるヨーロッパのミニチュア模型になったかのようだった。彼は苦痛を紛らそうと、ただれの形状や分布、水ぶくれの内部の液体の表面張力、それらが破れるまでの平均時間を分類してみたが、それすら例の方程式が開いた空虚から彼の精神を救うことはできなかった。

彼は特異点を回避するための計算で三冊のノートを埋め尽くし、自らの推論に出口あるいは過ちを見出そうとした。最後のノートで、シュヴァルツシルトはいかなる物体もその物質がじゅうぶんに狭い空間に圧縮されれば特異点を生み出す可能性があると推論した。太陽なら直径三キロ、地球なら直径八ミリ、平均的な人体なら〇・〇〇〇〇〇〇〇〇〇〇〇〇〇〇〇〇〇〇〇〇〇〇〇一センチの長さである。

彼の計算が予測したその穴のなかでは、宇宙の基本的な媒介変数はその属性を交換する。空間は時間のように流れ、時間は空間のように広がる。そのねじれが因果律を変容させる。カールは、もし仮想の旅人がその希薄な領域への旅を生き延びることができるとすれば、未来の光と情報を受け取り、まだ起きていない出来事を見ることができるだろうと推論した。もし重力に引き裂かれることなく奈落の中心に達することができれば、その旅人は頭上の小さな円のなかに、万華鏡を覗いたときに見えるような、同時に投影される二つの重なり合ったイメージを見分けるだろう。一方には想像を絶する速さで起こる宇宙の未来の進化全体が、もう一方には一瞬にして凍りついた過去が見えるはずだ。だが、その異様さは領域の内部にとどまらない。特異点の周囲には限界があり、二度と戻ってこれない点を示す境界がある。その一線を越えるといかなる物質も――惑星全体であろうと、微小な素粒子であろうと――永久に閉じ込められてしまう。あたかも底なしの井戸に落ちたかのように宇宙から消え失せるのだ。

それから数十年後、その限界は「シュヴァルツシルト半径」と呼ばれるようになった。

彼の死後、アインシュタインは追悼文を寄せ、葬儀の際に朗読した。「彼は他の人々なら避けて通るような問題と格闘した。自然のさまざまな側面のあいだの関係を発見するのを好んだが、その探求の源にあったのは喜び、芸術家の感じる快楽、未来への道を紡ぐ糸を見分けることのできる幻視者の眩暈だった」とアインシュタインは墓の前に集ったわずかな人々に語りかけたが、彼らの誰一人として、シュヴァルツシルトが自らの最も偉大な発見にどれほど苦しめられてきたかを知らなかった。というのも、アインシュタインですら、あの方程式が特異点となり無限が唯一解として現われたときに何が起こるか理解できなかったからである。

若い数学者リヒャルト・クーラントは、シュヴァルツシルトと直接言葉を交わした最後の人物であり、特異点がかの天体物理学者の精神に及ぼした影響を証明できた唯一の人物となった。

ラヴァ・ルスカで負傷したクーラントは、軍病院でシュヴァルツシルトに遭遇した。若者は、当時ドイツで最も影響力のあった数学者のひとり、ダーフィト・ヒルベルトの助手を務めていたため、傷で顔が変わっていたにもかかわらず、すぐにカールだと気づいた。彼ほどの名声と優れた知性の持ち主がなぜかくも危険な場所に配属されたのか理解できず、若者はおずおずと近づいた。クーラントは日記のなかで、当時ヒルベルトが展開していたアイデアについて話した途端、戦場で曇っていたシュヴァルツシルト中尉の目が急に輝いたと述べている。二人は夜通し語り合った。明け方近く、シュヴァルツシルトはクーラントに、自らが発見したと信じているあの亀裂について語った。

カールによれば、そうしたレベルまで圧縮された質量の最も恐ろしいところは、空間を変化させる様子でも、時間に及ぼす奇妙な影響でもない。真の恐怖は、と彼は言った。特異点が盲点であり、根本的に不可知であるということだ。光はそこから出てこないので、我々の目でそれを見ることはできない。だが、一般相対性理論の計算が特異点において有効性を失うからには、我々はそれを頭で理解することもできない。物理学はもはや意味をなさなくなるのだ。

クーラントは我を忘れて耳を傾けた。看護師たちが若者をベルリンに戻る護送車に乗せようと迎えに来る直前、シュヴァルツシルトは生涯彼を悩ませることになるあることを尋ねたが、当時のクーラントはそれを瀕死の兵士が発したうわごとか叫び、疲労と絶望につけ込んで彼の頭に現われた狂気としか考えていなかった。

もしこの種の怪物が物質の状態としてありうるとすれば、とシュヴァルツシルトは震える声で若者に尋ねた。人間の精神にも同じことが起こるのだろうか？　人間の意志がじゅうぶんに集中し、何百万もの人間がひとつの目的に従い、彼らの心が同じ精神空間に圧縮されれば、特異点に似た何かが解き放たれるのだろうか？　シュヴァルツシルトはそれがありうると信じていただけでなく、それが我らの祖国《ファーターラント》でも起こると確信していた。クーラントは彼を落ち着かせようとした。彼はシュヴァルツシルトに、あなたが恐れている悲劇を示す兆候は見られない、今起きている戦争ほどひどいものはないと言った。人間の精神とはいかなる数学的難問よりも大きな謎であって、物理学の考えを心理学のようなかけ離れた分野に投影するのは賢明ではない、と若者は言い聞かせた。それでもシュヴァルツシルトを慰めることはできなかった。彼は地平線に顔を出し始めた黒い太陽についてぶつぶつ言い、それが全世界を呑み込みかねないこと、そして我々にもはや打つ手がないことを嘆いた。なぜならその特異点は警告を発しないからだ。回帰不能点――囚われてしまうことなくそれ以上先に進むことのできない限界――はいかなる形でも定められてはいない。それを越えた者には、もはや希望はなく、運命は抗いようもなく決まってしまう。どんな軌道を進もうが、すべてはまっすぐ特異点を指すことになる。そして仮にその限界がそういうものだとすれば、とシュヴァルツシルトは血走った目で彼に問うた。我々がそれを越えたかどうかを、どうやって知ることができるというのかね？

クーラントはドイツへ向けて出発した。シュヴァルツシルトはその日の午後に死んだ。

科学界がシュヴァルツシルトの考えを相対性理論の必然的帰結として受け入れるまでには、それから二十年以上を要した。

カールが呼び出した悪魔を祓うために最も奮闘したのは、友人のアルベルト・アインシュタインだった。彼は一九三九年に「重力多体からなる球対称性をもつ静止系について」と題した論文を発表し、シュヴァルツシルトが提唱したような特異点が存在しえない理由を説明した。「特異点が現われない理由は単純である。物質を恣意的に集中させることはできないのであって、そんなことをすれば物質の構成粒子が光速に達してしまうからだ」。アインシュタインは持ち前の知性を発揮して、彼自身の理論の内的論理に訴えることで時空の構造の裂け目を繕い、宇宙を破滅的な重力崩壊から救った。

だが、二十世紀最大の物理学者の計算は間違っていた。

一九三九年九月一日――ナチの戦車がポーランド国境を越えたのと同じ日――ロバート・オッペンハイマーとハートランド・スナイダーが雑誌「フィジカル・レビュー」五十六巻にある論文を発表した。そのなかで米国の物理学者たちは、「熱核エネルギー源が尽きたとき、じゅうぶんな重量をもつ恒星は崩壊を起こし、核分裂か熱放射か質量放出によって質量を減らさないかぎり、この収縮は無限に続き」、シュヴァルツシルトが予言したような「空間を紙切れのようにくしゃくしゃにし、時間を蠟燭の炎のように吹き消すことのできる」ブラックホールを形成すること、いかなる物理的な力も自然の法則もこの現象を妨げることはできないことを疑いの余地なく証明したのである。

核心中の核心

二〇一二年八月三十一日の未明、日本の数学者望月新一は自らのブログに四つの論文を公開した。五〇〇ページを超すそれらの論文には、a＋b＝cとして知られる数論の最も重要な予想のひとつの証明が含まれていた。

今日に至るまで、誰一人としてこの証明を理解できずにいる。

望月は、長年にわたってひとり孤独に研究に取り組み、それまで知られていたものとは異なる数学理論を構築した。

ブログに載せてからは、どこにも公表しなかった。学術誌に送ったり、学会で発表することもなかった。その存在を最初に知ったひとりである京都大学数理解析研究所の同僚、玉川安騎男《あきお》は、望月の四つの論文をノッティンガム大学の数理学者イヴァン・フェセンコに宛てて質問をひとつだけ記したメールに添付して送信した。

「望月はａ＋ｂ＝ｃを解いたのか？」

フェセンコは、四つの重いファイルをパソコンにダウンロードするあいだ、はやる気持ちを抑えきれなかった。ダウンロードの進行状況を眺めながら十分間過ごし、それから二週間こもりきりで論文を検証し、食事は宅配で済ませ、疲労に負けたときだけ睡眠をとった。玉川への返事は短かった。

「理解不能」

望月が論文を公開した一年後の二〇一三年十二月、世界で最も著名な何人かの数学者たちが、この証明を検証すべくオックスフォードに集まった。セミナー最初の数日は熱狂が支配した。日本人数学者による推論に理解の道筋が見え始め、三日目の夜には、飛躍的な前進が起きようとしているという噂が、ウェブ上のフォーラムや専門家のコミュニティで広まり始めた。

四日目にすべてが瓦解した。

ある時点から誰も望月の議論についていけなくなった。地球上で最も優れた数学的頭脳の持ち主らは途方に暮れ、救いの手を差し伸べることのできる者はいなかった。望月本人は会合への参加を拒否していた。

望月がａｂｃ予想を証明するために生み出した数学の新たな分野は、あまりに奇抜かつ抽象的で、時代に先んじていたので、ウィスコンシン大学マディソン校のある数論学者は、この予想を調べていると未来から届いた論文を読んでいるような気分になると述べた。「これに取り組み始めた者は皆、理性的な人たちだが、ひとたび分析にかかるとそれについて語れなくなる」。

望月の新体系をその一部でも理解できるほど追うことのできた数少ない人々は、あれは数字の裏に潜んでいる一連の関係を扱っていると言う。「私の研究を理解するには、皆さんの脳にインストールされている、長年のあいだ当たり前のように思ってきた思考パターンをいったん無効化する必要がある」と望月は自身のブログに書いた。

望月は東京に生まれ、ごく若いころから、同僚たちが超人的と評した集中力で知られていた。幼少期に緘黙症《かんもくしょう》の発作を起こし、それが思春期にいっそう激しくなり、彼が話しているところはめったに聞かれなくなった。また他人の視線に耐えられず、うつむいて歩く癖があり、そのせいでやや猫背になったが、その疑いようのない外見上の魅力を損なうことはなかった。広い額、後ろに撫でつけた黒髪、巨大な眼鏡はスーパーマンの分身であるクラーク・ケントに驚くほどよく似ていた。

弱冠十六歳にしてプリンストン大学に入学し、二十三歳ですでに博士号を取得していた。ハーバード大学で二年間過ごしたあと日本に帰国し、授業をする必要はなく研究だけに専念できるという条件で、京都大学数理解析研究所の教職に就いた。二〇〇〇年代初頭から国際学会への参加をやめた。続く数年のあいだに彼の行動範囲はますます狭まっていった。まず出張は日本国内に限定し、次に京都府から一歩も出なくなり、ついに彼の移動は住んでいるマンションと大学の小さな研究室を往復するだけの狭い範囲に限られるようになった。

寺の内部のように整然とした彼の研究室の窓からは大文字山が見える。その山腹では年に一度、お盆の時期に僧侶たちが漢字の「大」――人が両手両足を思いきり広げた形――を象った巨大な松明を燃やす。この漢字は「巨大な／背が高い／堂々とした」という意味で、望月が自らの新しい数学の分野を命名するのに用いたのと同じような壮大さを表わしている。彼は謙遜や皮肉のかけらもなく、それを「宇宙際タイヒミュラー理論」と呼んだ。

a＋b＝c予想は数学の根幹に及ぶものである。数の加法的性質と乗法的性質のあいだに深遠かつ予想外の関係を提起する。もしそれが確かなら、実に多岐にわたる謎をほぼ自動的に解明できる非常に強力な道具となるだろう。しかし望月の野望はさらに大きかった。彼はこの予想を証明したばかりか、数について根本的に異なる方法で考えることを余儀なくさせる新たな幾何学を生み出したのである。宇宙際タイヒミュラー理論の真の射程を理解したと述べている数少ないひとりである山下裕一郎によると、望月は完全な宇宙を創造し、その宇宙には今のところ、彼しか住んでいないという。

望月が会見を開かず、自らの口で結果を発表せず、その証明に日本語以外の言語で言及することすら拒んだため、最初の疑念が生じた。すべては手の込んだでっち上げだと言う者もいた。彼が精神不安定であると主張する者もいて、その証拠として、彼のますます顕著になってきた対人恐怖症や孤立した研究環境を指摘した。

二〇一四年、事態は好転するかに見えた。望月がその年の十一月にフランスのモンペリエ大学で開かれるセミナーで自らの研究を発表すると予告したのだ。席はたちまち完売し、望月はモンペリエ大学の学長からまるで王族のように歓迎されたが、当のセミナーに現われることはなかった。誰にも行方を告げぬまま一週間姿をくらまし、自身の講演を始める予定の前日、不可解な事件を起こした末に、守衛によってキャンパスから追い出されたのだった。

日本に帰国すると、望月はブログから論文を削除し、それを掲載しようとする者には法的措置を講じると脅した。彼は最も強硬な批判者たちから集中砲火を浴び、同僚たちは望月が自らの証明の論理に根本的な欠陥を発見したのだと考えた。望月はこれを否定したが、申し開きはしなかった。京都大学の職を辞し、ブログを閉鎖する前に最後の投稿を行ない、そこで、たとえ数学においても、ある種の事柄は「我々万人の利益のために」永久に隠しておかねばならないと述べた。その理解しがたい、一見気まぐれな態度は、多くの人々が恐れていたことを裏付けただけだった。つまり望月はグロタンディークの呪いに屈したのだと。

アレクサンドル・グロタンディークは二十世紀で最も重要な数学者のひとりである。彼は科学史上類を見ない創造的な爆発のなかで、一度ならず二度も、我々が空間と幾何学を理解する方法に革命をもたらした。望月の国際的な名声は、一九九六年、グロタンディークの提起した予想のひとつを証明するのに成功したことによるもので、大学時代の望月を知る者たちは、彼がグロタンディークを師と仰いでいたと証言する。

グロタンディークは世界中の数学者にとって必読だったが、彼がチームを率いて書き上げた著作は数万ページに及ぶ膨大かつ気の遠くなるようなものだった。ほとんどの学生は自分自身の分野で成長するのに必要なことだけを学ぶが、それにしたところで何年もかかる。いっぽう望月は、学部時代にグロタンディークの全集を一巻から読み始め、そのまま最終巻まで読破した。

プリンストン大学時代に望月のルームメイトだったキム・ミニョンは、何日もろくに眠らず食事もとらずにいた望月が夜中にうわごとを言うのを目撃したことを覚えている。憔悴し、脱水症状になった望月は、フクロウのように瞳孔を開いたまま、支離滅裂な言葉を呟いていた。彼はグロタンディークが数学の中心に見出し、それによって頭が完全に混乱してしまったある奇妙な実体「核心中の核心」について語った。翌朝、キムから説明を求められると、望月はわけがわからず相手の顔を見返した。前夜の記憶がなかったのだ。

一九五八年から一九七三年にかけて、アレクサンドル・グロタンディークは天才王子として数学界に君臨し、同時代の最も優れた頭脳を自らの軌道に引き寄せた。彼らは自らの研究を後回しにして、あらゆる数学的対象の背後にある構造を解き明かすという過激であると同時に野心的なプロジェクトに参加した。

グロタンディークの研究への取り組み方は並外れていた。彼は当時最大の数学の謎であったヴェイユの四つの予想のうち三つを解くことができたが、難問に惹かれたわけでも、最終的な解答に興味があったわけでもなかった。彼の望みは数学の基礎を完全に理解することで、そのために最も単純な数学的問いの周囲に複雑な理論的構造を構築し、それを新たな概念の軍隊で包囲した。グロタンディークの理性の優しく忍耐強い圧力の下で、解答は自ら芽吹き、あたかも「何か月も水に浸かっていた胡桃の実が割れるように」自らの意志で姿を現わしたかのように見えた。

彼のスタイルは一般化であり、究極のズームアウトだった。どんなジレンマもじゅうぶんな距離を置いて見れば単純になる。数字、曲線、直線、その他の特定の数学的対象に彼は何の興味もなかった。唯一重要なのはそれらのあいだの関係だけだった。「彼は物事の調和について並外れた感性を持っていた」と、弟子のひとり、リュック・イリュージーは回想する。「彼は新技術を導入して偉大な定理を証明しただけではない。数学に対する我々の考え方を変えたのだ」。

彼が取り憑かれていたのは空間で、その最大のひらめきのひとつは点の概念を拡張したことだった。グロタンディークの目には、ちっぽけな点は無次元に位置するものではなく、複雑な内部構造を伴ってうごめくものに見えた。他の人々が奥行きも大きさも幅も長さもないものと見ていた場所に、アレクサンドルは宇宙全体を見た。ユークリッド以来、かくも大胆な提起がなされたことはなかった。

彼は長年にわたり、週七日、日に十二時間、もてる精力のすべてを数学に注いだ。新聞は読まず、テレビも観ず、映画館にも行かなかった。不細工な女、おんぼろのアパート、荒れ果てた部屋を好んだ。壁からペンキが剝がれ落ちた寒い仕事場にこもり、ひとつしかない窓に背を向けて研究に励んだ。部屋には四つのものしかなかった。母親のデスマスク、針金で作られた小さな山羊の彫刻、スペイン産のオリーブの実が詰まった容器、ル・ヴェルネ強制収容所で描かれた父親の肖像画。

アレクサンドル・シャピロ、アレクサンドル・タナロフ、サーシャ、ピョートル、セルゲイ。父の本名は誰も知らない。二十世紀初頭にヨーロッパを揺るがした無政府主義者の運動に参加しながら複数の偽名を使っていたからだ。ウクライナのハシド派の一家に生まれた彼は、十五歳のときにロシアで皇帝配下の軍に同志らとともに逮捕され、死刑宣告を受けた。生き残ったのは彼ひとりだった。三週間にわたって独房から処刑場へと引きずり出され、そこで仲間たちが次々に銃殺されるのを見た。年齢を理由に恩赦を受け、終身刑を宣告された。それから十年後の一九一七年、ロシア革命のさなかに釈放され、一連の陰謀や極秘作戦や革命政党に身を投じた。左腕を失くしたが、それが暗殺をしくじったせいなのか、自殺未遂によるものか、はたまた手のなかで爆発した爆弾によるものかは不明である。彼は街頭写真家として糊口を凌いだ。ベルリンでアレクサンドルの母と知り合い、二人でパリに移り住んだ。一九三九年にヴィシー政権に逮捕され、ル・ヴェルネ収容所に送られた。一九四二年、ドイツに移送され、アウシュヴィッツのガス室のひとつでツィクロンBを吸って死亡した。

アレクサンドルは母ヨハンナ・グロタンディークの姓を継いだ。彼女は自身の小説や詩を刊行することはできなかったが、生涯にわたり執筆活動を続けた。アレクサンドルの父と知り合ったとき、ヨハンナは結婚していて、左派系の新聞社に記者として勤めていた。彼女は夫を捨て、新たな恋人と革命闘争に加わった。アレクサンドルが五歳のとき、母はあるプロテスタントの牧師の手に息子を委ね、スペインに渡り、第二共和政のアナキストの大義のために戦い、その後フランコ軍と戦った。共和国軍の敗北後は夫とフランスに避難し、そこに息子を呼び寄せた。ヨハンナとアレクサンドルはフランス政府から「好ましからざる人物」に認定され、国際旅団に加わっていた「不審な外国人」やスペイン内戦を逃れてきた難民らとともにマンド近郊のリュクロ収容所に送られ、ヨハンナはそこで結核を患った。戦争が終わったとき、アレクサンドルは十七歳になっていた。極貧のなか、モンペリエ郊外の農園で母親とブドウの収穫をしながら生き延び、この町で高等教育を受けることになる。母と息子の関係は親密かつ不健全なものだった。ヨハンナは一九五七年に結核の再発により死んだ。

グロタンディークがまだモンペリエ大学の学部生だったころ、指導教官だったローラン・シュヴァルツは、十四の大きな未解決の問題を含む自身の最近発表した論文を彼に渡した。卒業論文にそのうちのひとつを取り上げてはどうかと考えたのだ。大学の授業に心底退屈し、指示に従おうとしないその若者は、三か月後に戻ってきた。シュヴァルツは彼に、どの問題を選んだか、どこまで進んだかと尋ねた。アレクサンドルはわけがわからず教授を見返した。彼は全問解いてしまっていたのだ。

アレクサンドルの才能は彼を知るあらゆる人々の注目を集めたが、フランスで仕事を見つけるのにずいぶん苦労した。両親の絶え間ない移動のせいで、アレクサンドルには国籍がなかった。唯一の身分証明書は、無国籍難民であることを示すナンセン旅券だった。

立派な体格で、背は高く、痩せ型で運動選手のような体つき、顎は四角く、肩幅は広く、雄牛のような大きな鼻の持ち主だった。分厚い唇は口角が上を向き、他の人々には思いもよらない秘密を自分は知っているというかのようないたずらっぽい表情を与えていた。髪が抜け始めると頭は丸坊主にした。写真ではミシェル・フーコーの双子の兄弟のように見える。

優れたボクサーにして、バッハとベートーヴェンの後期弦楽四重奏曲の大ファンでもあった彼は、自然を愛し、「太陽と生命に満ちた、質素かつ長寿の」オリーブの木を崇拝したが、数学も含めたこの世の何にも増して、彼は書くことに真の情熱を傾けていて、書いてみなければろくに考えることもできないほどだった。あまりに勢い込んで書くものだから、草稿のなかには鉛筆の先が紙からすっかりはみ出てしまっているものもある。計算するときはノートに方程式を書き、それから何度もそれをなぞり、鉛筆の芯が紙の上をひっかくのを感じることによる肉体的快楽を味わうためだけに、判読不能になるまでそれぞれの記号を太くしていくのだった。

一九五八年、フランスの富豪レオン・モチャーンが、グロタンディークの野望にふさわしい高等科学研究所という施設をパリ郊外に設立した。ここで弱冠三十歳のアレクサンドルが、幾何学の基礎を再構築し、数学のあらゆる分野を統一するための研究計画を発表した。教師と学生が一世代まるごとアレクサンドルの夢に服従し、彼が大声で教えを垂れているあいだ、皆がメモを取り、彼の議論を世に広め、自らの構想を書き留め、翌日戻ってきてそれを修正した。なかでも最も熱烈な信奉者だったジャン・デュドネは、夜明け前に起きて前日のノートを整理し、グロタンディークがすでに廊下で始めていることもあった自問自答の最中、八時ちょうどに教室に飛び込んでくるのに備えた。このセミナーは、幾何学と数論と位相幾何学《トポロジー》と複素解析を統合する、二万ページを超す何巻もの成果を生んだ。

数学の統一は最も野心的な頭脳の持ち主だけが追い求めてきた夢である。デカルトは幾何学的な形が方程式で表わせることを示した最初のひとりだった。$x^2+y^2=1$と書くと完全な円を表わす。この一般方程式の可能な解はすべて平面上に描かれた円を表わしている。しかし実数とデカルト平面のみならず、複素数の奇妙な空間も考慮すると、そこにはあたかも生き物のように動き、時間の経過とともに成長し進化するさまざまな大きさの円が次々と現われる。グロタンディークの天才の一端は、あらゆる代数方程式の背後に潜む、より巨大な実体を見出したことにある。彼はその何かを「スキーム」と命名した。これらのスキームが、「夜、灯台の回転する光に照らされた岩場の輪郭」のように現われる影や幻影にすぎない個々の解に生命を与えるのだ。

アレクサンドルは単一の方程式から数学的宇宙全体を創造することができた。たとえば彼の「トポス」とは想像の限界を超えた無限の空間であり、彼はそれを「この世のすべての王のすべての馬がそろって水を飲めるほど広くて深い川底」になぞらえた。それらについて考えるには、五十年前のアルベルト・アインシュタインの説が引き起こしたような、これまでとは異なる空間の捉え方が必要だった。

彼は自ら発見した概念に対して、それらを完全に理解する前に、手なずけ、馴染みやすくするための「ぴったりの言葉」を選ぶのを好んだ。たとえば彼の「エタール」という語は、干潮時の静かで穏やかな波、静止した鏡のような海、いっぱいに広げられた翼の表面、生まれたばかりの赤ん坊をくるむシーツを想起させる。

彼は何時間でも好きなだけ眠り、それから研究に全精力を傾けることができた。朝、アイデアを練り始めて、翌朝まで机から離れずに古い灯油ランプの下で目を凝らすことができた。「天才と仕事をするのはわくわくした」と彼の友人イヴ・ラドガイエリは回想する。「わくわくなどという言い方は好きではないが、グロタンディークには他に言葉が見つからない。わくわくするが恐ろしくもあった。あの男は他の人間とは似ても似つかなかったからね」。

彼の抽象化の能力はとどまるところを知らなかった。より高次のカテゴリーへと思いもよらぬ飛躍を見せ、それまで誰も探求しようとしなかったスケールの研究をすることができた。彼は問題を定式化するにあたってその層を次々に剝がしていき、ついには何も残っていないように見えるまで単純化し抽象化してから、その見かけの空白のなかに探し求めていた構造を見出すのだ。

「彼の講義を聞いたときの第一印象は、我々の知的進化を加速させるためにどこか遠くの太陽系にある異星文明から我々の星に運ばれてきたという感じだった」と、カリフォルニア大学サンタクルーズ校のある教授は彼について語った。しかし、その過激さにもかかわらず、グロタンディークが抽象化の演習で発見する数学的風景は人工的なものには見えなかった。アレクサンドルは対象に自らの意志を押しつけるのではなく、むしろ対象がおのずと成長するに任せたので、数学者の目にはそれらの風景が自然環境のように映った。その結果、あたかもそれぞれのアイデアが自らの勢いで芽生え、成長したかのような有機的な美を有していた。

一九六六年、彼は数学界のノーベル賞として知られるフィールズ賞を受賞したが、作家のユーリイ・ダニエリとアンドレイ・シニャフスキーの投獄に対する抗議としてモスクワでの授賞式参加を拒否した。

二十年にわたり彼は支配的な立場にあったので、同じく輝かしいフィールズ賞受賞者のルネ・トムはグロタンディークの圧倒的優位に「気圧された」と感じ、純粋数学を諦めたことを認めた。打ちひしがれ、挫折感に苛まれたトムは、あらゆる力学系——川であれ、地殻変動であれ、人間の精神であれ——が均衡を失い、突然崩壊して無秩序とカオスに陥る七通りの道を説明するカタストロフ理論を構築した。


「私を駆り立てるのは野心や権力欲ではない。何か大きなもの、とても現実的であると同時にとても繊細なものが存在するという鋭い感覚なのだ」。グロタンディークは抽象化をさらに極限まで推し進めていった。ひとつの領域をまだ制覇しきらないうちに、すでにその境界の拡大に着手していた。彼の研究の頂点は「モチーフ」の概念だった。数学的対象の考えうるありとあらゆる形を照らし出すことのできる光線。数学的宇宙の震源にある、我々には最もかすかな残光しか知ることのできないその実体を、彼は「核心中の核心」と呼んだ。

最も近しい共同研究者までもが、彼は行き過ぎだと考えた。グロタンディークは太陽を手で捕え、一見何の関係もなさそうな無数の理論を結びつける秘密の根源を掘り起こそうとしていた。それは不可能なプロジェクトであり、科学的な研究計画というより誇大妄想狂の錯乱に近いと言う者もいた。アレクサンドルは耳を貸さなかった。基礎を深く掘り下げるあまり、彼の精神は奈落に入り込んでいた。

一九六七年、彼は二か月にわたってルーマニアとアルジェリアとベトナムを旅行し、セミナーを行なった。ベトナムで教えた大学のひとつがのちに米軍によって爆撃され、二人の教師と数十人の学生が死亡した。フランスに戻ったとき、彼はもはやかつての彼ではなくなっていた。周囲で吹き荒れていた六八年運動の影響を受け、オルセーにあるパリ大学で行なわれた特別講義で、百人以上の学生たちを前に、人類が直面している脅威を説き、数学という「邪悪で危険な行為」を放棄するよう呼びかけた。地球を滅亡させるのは政治家ではない、と彼は言った。「黙示録に向かって夢遊病者のように歩む」自分たちのような科学者なのだと。

その日以来、環境保全と平和主義に同じだけの時間を費やすことが許されないかぎり、いかなる学会への参加も拒むようになった。講演では自宅の庭で育てたリンゴやイチジクの実を配り、科学の破壊力について警告した。「広島と長崎をこっぱみじんにした原子は、将軍の脂まみれの指ではなく、一握りの方程式で武装した物理学者の集団によって切り離されたのだ」と。グロタンディークは自らが世界にもたらす影響に疑問を抱かずにはいられなかった。自分が探求している総合的な理解からどんな新たな恐怖が生まれてくるだろう？　もし核心中の核心に触れることができたら、人類はいったい何をしでかすだろう？

一九七〇年、彼は名声と創造性と影響力の絶頂期に、高等科学研究所がフランス国防省から資金援助を受けていることを知って、同研究所を辞職した。

それに続く数年間、彼は家族を捨て、友人と絶縁し、同僚と袂を分かち、世界のすべてから逃避した。

「大転換」。グロタンディークは四十二歳にして人生の方向性を変えた変化をそう呼んだ。彼は突如として時代の精神に取り憑かれた。環境保全、軍産複合体、核兵器拡散が彼の強迫観念となった。妻の絶望をよそに、自宅にコミューンをつくり、浮浪者、大学教授、ヒッピー、平和主義者、革命家、泥棒、修道士や娼婦を住まわせた。

彼はブルジョワ生活のあらゆる安逸に耐えられなくなった。家の床の絨毯を余計な装飾品とみなして引っぺがし、自分の服は自分でつくるようになり、タイヤをリサイクルしてサンダルにしたり、古い麻袋でズボンを縫ったりした。ベッドを使うのをやめて、蝶番を取り外したドアの上で寝た。貧しい人々、若者、疎外された人々のあいだでだけ寛いだ気分になった。国籍のない人々、国をもたぬ人々。

自分の持ち物については寛大で、無頓着に手放した。他人の持ち物についても寛大だった。ある日、友人のひとりであるチリ人のクリスティアン・マジョルが、妻と夕食に出かけて帰宅すると玄関のドアが開いていて、窓という窓が開け放たれ、暖炉は燃え盛り、暖房はフル稼働していた。グロタンディークはバスタブで裸で眠っていた。二か月後、マジョルはアレクサンドルから、このときの費用の補償として三千フラン分の小切手を受け取った。

たいていは親切で優しかったが、突如として暴力的になることがあった。アヴィニョンでの平和デモの最中、バリケードに突進し、デモの進行を阻止しようとしていた二人の警官を殴り倒して、十数人の警官に警棒でめった打ちにされ、意識不明の状態で警察署に連行されたこともある。家では妻が、彼がドイツ語で長い独白をしているのをよく耳にした。それが窓を揺るがす絶叫に変わったかと思うと、その後何日も沈黙が続くこともあった。

「数学をやるのはセックスをするようなものだ」とグロタンディークは書いた。彼の性的衝動は精神的な関心に匹敵した。生涯を通じて男女を誘惑し、妻のミレイユ・デュフールとのあいだに三人の子をもうけ、さらに二人の婚外子がいた。

彼は「生き延び、生きろ」という集団を立ち上げ、自らの資金と精力のすべてを注ぎ込んだ。自給自足と環境への配慮についての自らの考えを広める雑誌を、仲間たちのグループと編集した（といっても執筆者は実質的に彼ひとりだったが）。かつて自身の数学プロジェクトに盲目的に追随してきた人々を巻き込もうとしたが、もはや彼の強迫観念の対象が数字の抽象的な謎ではなく、社会の具体的な未来像、つまりグロタンディークが愚鈍すれすれの無邪気さで取り組んでいた問題である以上、彼の切迫感を共有したり、過激主義を許容する者はいないようだった。

彼は、環境にはそれ自身の意識があって、自分はそれを守るべく召喚されていると信じていた。歩道のコンクリートの隙間に生えた小さな新芽まで集め、それを家のなかで植え替えて世話をした。

週に一度、やがて二度断食をするようになり、ついにそうした苦行が習慣と化して、肉体的苦痛にほとんど無頓着になった。カナダへの旅行中に靴を履くのを拒み、凍てつく砂漠で福音を垂れて回る預言者さながら、サンダル履きで雪の上を歩いた。バイク事故に遭ったときには麻酔を拒み、手術の最中のみ鍼治療を受け入れた。この種の行為は、グロタンディークに批判的な人々が彼の信用を失墜させせようと（そしてグロタンディークから彼らに対して仕掛けられるますます悪質な攻撃から身を守るために）広めた噂に拍車をかけ、最もスキャンダラスなものによるとグロタンディークは地球への負担を減らそうとバケツに大便をしていて、それから家の周りの農場を回って自分の糞を肥料として撒いているということだった。

一九七三年になると、あらゆる人に対して開かれた場として彼が自宅に設立したコミューンは完全な無法地帯と化した。まず警察がビザの切れていた日本人の法華経僧侶二人を逮捕しに来て、グロタンディークは不法移民を匿った容疑で告発された。同じ週、アレクサンドルがよく夜をともに過ごしていた少女が、彼の部屋のカーテンで首を吊ろうとした。病院から少女を連れて帰ったグロタンディークは、コミューンのメンバーが中庭の真ん中で燃えている巨大な焚火の周りで踊っているのを見た。焚き火には彼の手稿がくべられていた。アレクサンドルはコミューンを解散し、わずか十二軒ほどの家しかないヴィルカンという村に隠居した。

ヴィルカンでは電気も水道もない虱だらけの小屋で暮らしたが、かつてないほど幸福だった。移動手段として古い霊柩車を購入し、エンジンが故障するとさらにおんぼろの車を手に入れた。床板には道路が見えるほどの穴が開いていて、グロタンディークは免許証も何も持たずに可能なかぎりの最高速度でそれを運転した。

五年間、大きなプロジェクトもなく、ほとんど完全に孤立した状態で肉体労働に従事した。子どもたちが訪ねてくることはなく、恋人もなく、算数の宿題を手伝っていた十二歳の少女ひとりを除いて隣人全員を無視した。貯金が尽きると、禁欲生活の費用を賄うため、モンペリエ大学で数学を教えるようになった。彼が教えていた学部生たちは、乞食のような格好で自分たちを迎え、朝早く着くと教室の床で寝ていることもあったその男が生ける伝説であるとは想像もしていなかった。

彼はヴィルカンで大いなる分析力を自らの精神に傾けた。結果として、彼を数学の研究から遠ざけたものよりさらに劇的な変化をもたらし、数年後、常識からますますかけ離れていく自らの精神がたどった道の痕跡をたどる謎めいたリストを暗号化しようと試みた。

一九三三年五月　死への意志
一九三三年十二月二十七日―三十日　オオカミの誕生
一九三六年夏（？）　墓堀り人
一九四四年三月　創造神の存在

一九五七年六月―十二月　呼びかけと裏切り
一九七〇年　剝奪――任務への参加
一九七四年四月一日―七日　真実の瞬間、精神の道に入る
一九七四年四月七日　日本山妙法寺との出会い、神なるものの侵入
一九七四年七月―八月　法の不備。父なる宇宙を去る
一九七六年六月―七月　陰の覚醒
一九七六年十一月十五日―十六日　イメージの崩壊、瞑想の発見
一九七六年十一月十八日　我が魂との再会、夢見る人の侵入
一九七九年八月―一九八〇年二月　両親を知る（偽者）
一九八〇年三月　オオカミの発見
一九八二年八月　夢見る人との出会い――幼年期の回復
一九八三年二月―一九八四年一月　新しい様式（「野原の跡をたどって」）
一九八四年二月―一九八六年五月　収穫と蒔いた種と
一九八六年十二月二十五日　ＲｅＳの「犠牲」
＊注意せよ　一九八六年十二月二十五日　最初のエロティックで神秘的な夢
一九八六年十二月二十八日　死と再生
一九八七年一月一日―二日　神秘主義的でエロティックな「恍惚」
一九八六年十二月二十七日―一九八七年三月二十一日　形而上的な夢、夢の知性

一月八日、一月二十四日、二月二十六日、三月十五日（一九八七年）予知夢
一九八七年三月二十八日　神への郷愁
一九八七年四月三十日―　夢の鍵

一九八三年から一九八六年にかけて、彼は『収穫と蒔いた種と――ある数学者の過去からの省察と証言』を執筆した。これはフランスでは誰も出版しようとしなかった奇天烈な作品である。ある同僚が「数学的幻影」と形容したものに満ちた数千ページに及ぶこの著作のなかで、グロタンディークはすべてを理解しようとして自らの精神を深く掘り下げ、啓示とパラノイアのあいだで危ういバランスを保ちながら、広大かつ恐ろしい知性をさらけ出している。

『収穫と蒔いた種と』で展開されるアイデアは堂々巡りである。作者は完全な正確さを求めて同じ議論に何度となく立ち戻る。書いたばかりのことを検討してそれを否定したり、さらに強い言葉で言い直したりして、抗う言葉を決定的な形に修正しようと試みている。同じページ内に視点やテーマや論調の突然の飛躍が見られ、それは意味の限界と闘い、あらゆる対象を一度に観察しようとする知性の産物である。「観点はそれ自体では限界がある。それは我々に風景の単一のヴィジョンしかもたらさない。同じ現実に対して補完し合う観点を組み合わせることで初めて、我々は物事の知識により完全に近づくことができる。我々の理解したい対象が複雑であればあるほど、いくつもの異なる目をもつことが重要になる。そうすることで、これらの光線が収斂し、多くのものを通して唯一なるものが見えてくるのだ。それこそが真のヴィジョンの本質である。既知の観点を統合し、それまで知られて

いなかった別の観点を示すことで、すべては実際には同じものの一部であることを我々に理解させてくれる」。

彼は読書と瞑想と執筆をしながら隠者のように暮らした。一九八八年には餓死する一歩手前まで行った。聖痕を受け、五十年間聖体《ホスチア》のみを食べて生き延びたフランスの神秘主義者マルタ・ロバンに、自らを完全に重ね合わせていたのだ。砂漠でのキリストの四十日間の断食を超えようと、グロタンディークは庭や近所で摘んだタンポポのスープだけで数か月を過ごした。彼が道端で花を摘むのを見慣れていた近所の人たちが、ケーキや手料理を持って家を訪ね、彼を死から救った。人々は、彼が諦めて食べてくれるまで立ち去ろうとしなかったのだ。

彼は、夢とは人間に固有のものではなく、外的実体――彼はそれを「夢見る人」と呼んだ――から送られてくるもので、おかげで我々は自らの真のアイデンティティを認識できるのだと信じるようになった。二十年以上にわたって前夜の記録――「夢の鍵」――をつけ続け、それによって彼は夢見る人の本質を理解するに至った。**夢見る人とは神に他ならない。**

一九九一年七月、彼は世界とのあらゆるつながりを断とうとした。二万五千ページに及ぶ手稿を焼却処分し、父親の肖像画を燃やし、母親のデスマスクは手放した。最後の研究――数学の深淵で心臓のように脈打つあの暗黒の物体、モチーフを解明しようとして挫折した試みから得たメモ――を友人のジャン・マルゴワールに手渡し、母校のモンペリエ大学に寄贈させた。それ以来、生涯続く逃避生活が始まり、小さな町から町へと移り住み、自分を探しに来るジャーナリストや学生たちを避け、家族や友人から届いた手紙は開封もせず送り返した。

十年以上のあいだ、彼の消息を知る者はなかった。彼は死んだとか、正気を失くしたとか、誰にも遺体を見つけられないよう森の奥深くに分け入ったとかいう噂が流れた。

一か所に定住することなく南仏をさまよったのち、ピレネー山脈の麓にあるアリエージュ県の小村ラセールに隠遁した。そこは、彼の父親がナチのガス室に送られて死ぬ前、最後の数か月を過ごした収容所から一時間足らずのところだった。子ども時代、グロタンディークはベルリンまで踏破してヒトラーをこの手で暗殺しようと決意し、母親と抑留されていたリュクロ収容所から真夜中に裸足で脱走した。五日後、木の洞のなかで意識を失い、死の一歩手前の状態で震えている彼を警備員が発見した。

夜になるとピアノを弾いた。彼が訪問者を許さないことを知っていたラセールの隣人たちは、美しいポリフォニーを耳にして驚いた。まるでグロタンディークが隠遁生活でモンゴルの歌唱法を習得し、複数の音階を同時に歌えるようになったかのようだった。これについてはアレクサンドルが日記で次のように説明している。夜になると二つの顔をもつ女性が彼のもとを訪れる。彼はその親切な面をフローラ、悪魔的な面をルシフェラと呼ぶ。彼らはともに歌い、神に自らの姿を現わしてもらおうとするが、「神は沈黙し、話すときはあまりにも低い声なので、誰にも理解できないのだ」という。

二〇〇一年、同じ隣人たちが彼の家から煙と炎が立ち昇るのを目撃した。ラセールの村長アラン・バリによると、グロタンディークは消防隊の介入を阻止しようとあらゆる手を尽くし、燃えるがままにしてくれと懇願したという。

二〇一〇年、友人のリュック・イリュージーはアレクサンドルから「出版差し止めの意向表明」をしたためた手紙を受け取った。手紙のなかでグロタンディークは、自らの著作の販売を今後一切禁じ、自らのテクストを図書館や大学からすべて撤去するよう要求している。発表されたものであれ、未発表のものであれ、自分の書いたものを販売、印刷、配布しようとする者を脅しているのだ。自らの影響力をなかったことにし、沈黙に溶け込み、最後の痕跡すら消し去ろうとしている。「すべてを一気になくしてしまえ！」

アメリカの数学者レイラ・シュネップスは、晩年のグロタンディークと接触した数少ない人物のひとりである。彼女は何か月も彼の居場所を探した。彼が住んでいたと思われる村々をすべて訪れ、古い写真を手に、どの程度外見が変わっているかも知らずに、この男性を見たことはあるかと尋ね回った。歩くのに疲れたシュネップスは、グロタンディークが現われることを願いながら、近隣で唯一の有機野菜市場の正面にあるベンチに腰掛けて数日間過ごした。するとついに、修道士の服をまとい、杖をついた老人がインゲン豆を買っているのを見かけた。頭巾をかぶり、顔は魔法使いのように長く伸びた白い髭で覆われていたが、彼女はその日に見覚えがあった。

隠者が自分を見たら逃げ出すだろうと思いながら彼女が用心深く近づいてみると、驚いたことにアレクサンドルは彼女を受け入れたが、それでもすぐに、自分は他の誰にも見つけられたくないとはっきり伝えた。シュネップスは興奮を抑えきれずに、彼が若いころに提起した最も重要な予想のひとつがついに証明されたと告げた。グロタンディークはかろうじて微笑んだ。彼は数学に対する興味を完全に失ったと言った。

二人はその日の午後を一緒に過ごした。シュネップスはなぜそうやって孤高を保っているのかと尋ねた。アレクサンドルは、自分は人間を憎んでいるわけではないし、世間に背を向けたわけでもないと言った。この孤立は逃避でも拒絶でもない、それどころか、人類を守るためにこうしているのだと。彼は、自分が発見したものによって誰かが苦しむことを望まなかったが、「新たな恐怖の影」について語ったとき、それがいったい何を意味するかは説明しようとしなかった。

彼らは二か月にわたって手紙をやりとりした。シュネップスは、物理学で彼が展開したアイデアを知ることに強い興味を抱いていた。引退間際の彼が最後に取り組んでいたという噂があったのだ。グロタンディークは、たったひとつの質問に君が答えられたらすべて教えようと答えた。一メートルとは何か？

シュネップスは返事をするのにひと月以上を要し、最終的に五十ページを書き上げたが、グロタンディークはその手紙を封も切らずに送り返し、その後の手紙についても同様だった。

人生の終わりにかけて、彼の視点はますます遠ざかり、全体しか見えなくなった。彼の人格は、長年の瞑想によって切り裂かれた断片、糸くず以外、何も残っていなかった。「私にはこの世の誰よりも神を身近に知っているという、抑えがたい、おそらく冒瀆的な感情がある。たとえ神が、これまで創られた実体をもついかなる存在よりも無限に広大な不可知の謎であるとしても」。

二〇一四年十一月十三日木曜日、アレクサンドル・グロタンディークはサン゠ジロン病院で死んだ。死因は不明である。伏せておくよう本人が求めた。

彼の最期の日々に関する唯一の証言は、病院で彼の世話をした看護師によるものである。それによると、グロタンディークは家族との面会を拒み、ただひとりの訪問者だけを迎えた。長身で内気そうなその日本人男性は、彼女が招き入れるまで病室に入ろうとしなかった。

看護師によると、ハンサムだけど少し猫背だったというその男性は、五日間、面会時間にやってきて、ベッドの端に腰掛けると、病人の口にできるだけ耳を近づけようと、実に窮屈な姿勢で屈み込んでノートにメモを取っていたという。男性は一言も口をきかずに最後の瞬間までアレクサンドルに付き添い、遺体安置所に運ばれていくまで彼の亡骸のそばに無言で居残っていた。

この二日後、これと同じ人物、あるいはとてもよく似た誰かがモンペリエ大学の守衛に止められた。

アレクサンドルが「落書き同然」と斬り捨てた皺くちゃの紙切れやナプキンにまで書かれた方程式が入った、決して開けないことを条件にグロタンディークが大学に遺贈した四つの箱を保管していた部屋のドアの前でひざまずいていたところを見つかったのだ。

守衛たちは男の手にマッチ箱を、鞄のなかにライターの液体の入った小瓶を見つけたが、警察には通報しなかった。彼らは、きっと気が狂っているかある種の知的障害を患っているのだろうと考えてキャンパスから追い出すにとどめた。というのも、その男は床から目を上げず、くりかえし――終始小声ではあったが――行かせてくれ、今日の午後、数学科で大事なセミナーをやらねばならないのだと主張したからである。

私たちが世界を理解しなくなったとき

シュレーディンガーの方程式の物理的な部分について考えれば考えるほど、ますます忌まわしく思えてくる。彼の言っていることはほとんど意味をなさない、言い換えればでたらめだ！

――ヴェルナー・ハイゼンベルクがヴォルフガング・パウリに宛てた手紙

序

一九二六年七月、オーストリアの物理学者エルヴィン・シュレーディンガーは、人類の頭脳から生まれた最も美しく最も奇妙な方程式のひとつを発表するため、ミュンヘンに向かった。

原子内部で起きていることを記述する単純な方法を発見したことにより、彼は一夜にして国際的なスターとなった。数世紀にわたって波の動きを予測するのに用いられてきたのと同じような式を使って、シュレーディンガーは一見不可能と思われることを成し遂げたのである。最も熱狂的な人々がためらうことなく「超越的」と呼んだ、実に強力で、優雅かつ奇抜な方程式によって、原子核の周囲を回る電子の軌道を明らかにし、量子世界のカオスに秩序をもたらしたのだ。

だが、この方程式の最大の魅力は、その美しさでもなければ、それによって説明できる自然現象の膨大さでもなかった。科学界をこぞって惹きつけたのは、その方程式が現実の最小スケールで起きていることを可視化できるということだった。物質をその基盤まで調べることを目標とする者にとって、シュレーディンガー方程式は、原子内の領域の暗闇を消し去り、それまで神秘のヴェールに覆われていた世界を見せてくれるプロメテウスの火だった。
シュレーディンガーの理論は、素粒子が波のように振る舞うことを裏付けているように思われた。もし素粒子が本当にそのような性質をもつなら、既知の理解可能な法則、地球上のあらゆる物理学者が受け入れることのできる法則に従うはずだった。

ひとりを除いて。

ヴェルナー・カール・ハイゼンベルクは、シュレーディンガーのミュンヘンでのセミナーに参加するのに借金せざるをえず、列車の切符を買ったあとは薄汚れた学生寮の費用を賄うのがやっとだった。しかしハイゼンベルクはただものではなかった。弱冠二十三歳にしてすでに天才とみなされていた。彼はシュレーディンガーと同じことを説明する一連の法則を、ただしこのオーストリア人より六か月早く、初めて定式化したのだ。

両者の理論はこれ以上ないほど対照的だった。シュレーディンガーにとっては、近代の化学と物理学のほぼすべてを説明するのにひとつの方程式で足りたのに対し、ハイゼンベルクのアイデアと式はあまりに抽象的で、哲学的にも革命的で、おそろしく複雑だったので、その使い方を知っているのはほんの一握りの物理学者だけだった。その彼らでさえも頭痛に襲われたほどである。

ミュンヘンの会場に空席はひとつもなかった。ハイゼンベルクは通路に座って爪を噛みながらシュレーディンガーの発表を聞かねばならなかった。彼は終わりまで我慢できなかった。シュレーディンガーの話の最中にいきなり立ち上がり、全聴衆が驚いて見つめるなか、壇上の黒板へと突き進み、電子は波ではない、原子内の世界は視覚化できない、などとわめいた。「あなたが想像しているよりずっと奇妙なものなんです！」彼は大勢の聴衆から激しい野次を浴びせられ、当のシュレーディンガーが話をさせてやるようにと割って入らねばならないほどだった。しかし、原子について抱いているいかなる心像も忘れろと要求する若者の話を誰も聞こうとはしなかった。誰もハイゼンベルクのように物事を見ようとはしなかった。シュレーディンガーの理論に対する反論を黒板に書き始めたとき、彼は講堂から追い出された。彼の要求は大きすぎた。物質の最小スケールに到達するには常識を捨てろというのだから。きっとあの若者は嫉妬に駆られただけなのだろう。それも無理はない。つまるところ、シュレーディンガーのアイデアは彼自身の発見を完全に凌駕し、歴史における地位を否定したのだから。

しかしハイゼンベルクは、彼らは皆間違っていることを知っていた。電子は波紋でも波動でも粒子でもない。原子内の世界はそれまで知られていたものとは似ても似つかぬものだ。このことに彼は絶対の確信をもっていて、まさに心の底から信じていたため、それをまだ言葉にできずにいた。というのも、何かが彼の前に現われていたからだ。説明のつかない何かが。ハイゼンベルクは物事の中心に暗い核があることに気づいていた。もしそのヴィジョンが真実でないとしたら、彼が苦しんできたことはすべて無駄だったのだろうか？

一　ヘルゴラント島の夜

ミュンヘンのセミナーの一年前、ハイゼンベルクは怪物に変身していた。

一九二五年六月、ゲッティンゲン大学に勤めていたころ、花粉症のアレルギーによる発作で彼の顔は誰だかわからないほど変形してしまった。唇は腐った桃のように今にも皮がめくれそうで、瞼は腫れ上がり、ろくに目も開けられなくなった。春が一日でも長く続くのに耐えきれなくなった彼は、自分をそれほど苦しめる微粒子からできるだけ遠くに行こうと船に乗った。

目的地は「聖地」ヘルゴラント島。ドイツで唯一の沖合に浮かぶ島で、あまりに乾燥していて厳しい気候なので、木々は大地から幹を出すのも難しく、岩場には花ひとつ咲かない。彼は船酔いと嘔吐に悩まされながら船室にこもり、島の赤い砂を踏んだときにはあまりに惨めな気持ちだったので、量子世界の謎を解き明かすことを決意して以来苛まれてきたさまざまな肉体的、精神的苦痛に対する最も迅速な解決策となる、頭上七十メートル以上の高さに聳え立つ断崖絶壁を見ないよう努力しなければならなかった。

物理学の黄金時代を謳歌し、ますます複雑かつ精密な応用と計算を展開していた同僚たちとは違い、ハイゼンベルクは、この分野の根本における本質的欠陥と自らがみなすものに苛まれていた。アイザック・ニュートン以降、肉眼で見える世界には実によく機能してきた法則が、原子内部では効力を失うのだ。ハイゼンベルクは素粒子とは何かを理解し、あらゆる自然現象を結びつける根源を解明したかった。しかしこの特異な強迫観念――上司の許可なしに進めていた研究――が彼の体を完全に蝕みつつあったのだ。

部屋を予約していた小さなホテルで彼を出迎えた女性は、その姿を見てショックを隠せなかった。若者が船旅のあいだに酔った船乗りにでも殴られたに違いないと思い込んだ彼女は、警察を呼ぶと言い張った。ハイゼンベルクがこれはただのアレルギーだと言ってなんとか納得させると、フラウ・ローゼンタールは、彼が完治するまで面倒を見ると誓い、まるで自分の息子のようにこの物理学者の世話を焼き、しょっちゅう部屋に押しかけてきては、奇跡的に効くという強烈な臭いのする飲み薬を無理やり飲ませたが、ハイゼンベルクは吐き気をこらえながらそれを飲むふりをして、ようやくひとりにしてもらうと窓から吐き捨てた。

ヘルゴラント島での最初の数日間、ハイゼンベルクは厳格な運動計画に従った。目が覚めるとすぐ海に飛び込み、宿のおかみによればドイツ最大の海賊の宝が眠っているという巨大な岩の向こう側まで泳いだ。ヴェルナーが岸に戻ってくるのは、完全に疲れ果て、ほとんど溺れそうになったときだけで、これは少年時代に、両親の家の敷地の隣にあった池を何周泳げるか兄と競い合っていたころに身につけた習慣だった。ハイゼンベルクは研究に対してもこれと同じ姿勢で臨み、何日間も深い恍惚状態に陥り、寝食も忘れて没頭した。満足のいく結果が得られないと神経衰弱の一歩手前まで行き、逆に結果が得られたときは宗教的法悦にも似た興奮状態に陥り、友人たちは彼がだんだんと中毒になっていると考えていた。

ホテルの窓からは遮るもののない大海原が見渡せた。水平線まで続く波頭を見つめていると、恩師であるデンマークの物理学者ニールス・ボーアの言葉を思い出さずにはいられなかった。ボーアは彼に、広大な海に目が眩んでも目を閉じることなく見つめることのできる者には、永遠の一部が手の届くところにあると言った。その前年の夏、二人はゲッティンゲン周辺の山々を巡り、ハイゼンベルクはその長い山歩きのあとで初めて自らの科学者としてのキャリアが始まったと考えていた。

ボーアは物理学界の巨人だった。二十世紀前半を通じて彼ほどの影響力をもった科学者は、ライバルであり友人であったアルベルト・アインシュタインをおいてほかにない。一九二二年にすでにノーベル賞を受賞していたボーアにはまた、類い稀な才能を発掘して自らの影響下に置くという才能があった。ハイゼンベルクにしたのもまさしくそれだった。山歩きのあいだ、彼は若い物理学者に、原子について語るとき、言語は詩とならざるをえないと言い聞かせた。ボーアと歩いている最中、ハイゼンベルクは原子内世界の根本的な異質性を初めて直感した。「もしこの一粒の塵のなかに何十億もの原子が含まれているとしたら」と、ボーアはハルツ山地の山塊を登りながら彼に言った。「そんなにも小さなものについて、どうやって意味をなす言葉で語ることができるだろう?」物理学者は――詩人のように――世界の出来事を記述するのではなく、隠喩と精神的なつながりとを生み出しさえすればいい。その夏以降、ハイゼンベルクは、位置、速度、運動量といった古典物理学の概念を原子内の粒子に適用するのはまったく無意味であることを理解した。自然のそのような側面には新たな言語が必要だった。

ヘルゴラント島での避難生活で、ハイゼンベルクは自らに過激な制約を課す訓練をすることに決めた。原子内部で起きていることについて実際に何がわかるか？　原子核を取り囲む電子のひとつがエネルギー準位を変えるたび、光子、すなわち光の粒子を放出する。その光は写真乾板で記録することができる。それが直接測定できる唯一の情報であり、原子の暗闇から出てくる唯一の光なのだ。ハイゼンベルクは他のすべてを放棄することにした。そのようなほんの一握りのデータに基づいてそのスケールを支配する法則を推測する。いかなる概念も、いかなるイメージも、いかなるモデルも用いない。それについて何が言えるかは現実そのものに委ねるのだ。

アレルギー症状が治まって研究ができるようになるやいなや、彼はそうしたデータを果てしない一連の表と数列に整理し、複雑な行列を作り上げた。何日ものあいだ、完成図をなくしたジグソーパズルを組み立てようとする子どものように、ピースをはめる楽しみを味わいながら、しかしその真の姿を思い浮かべることはできずに、それと戯れることに夢中になっていた。少しずつ、微妙な関係、行列の足し算と掛け算の方法、ますます抽象的になっていく新たな種類の代数学が見え始めた。彼は島を横切る曲がりくねった道を、地面をじっと見つめたまま、あてもなく歩いた。計算が進歩するたびに、彼は現実世界から遠ざかっていった。行列を使って実行できる演算が複雑になればなるほど、彼の推論は不明瞭になっていった。これらの数列と、足もとに散らばる小石を構成する分子とのあいだに、どんな関係がありうるだろう？　物理学者というより哀れな会計士のノートにふさわしい計算表から、当時考えられていた原子の概念に少しでも近いものにいかにして戻ることができるのだろうか？　小さな太陽のような原子核と、その周りを惑星のように回る電子。ハイゼンベルクはそんなイメージを素朴で幼稚なものとして憎んでいた。彼の原子のヴィジョンでは、そうしたすべてが消え失せる。小さな太陽は消え、電子は回転を止め、形のない霧のなかに溶けた。残されたのは数字だけだった。島の両端を隔てる平原のように荒涼とした風景。

そこを野生の馬の群れが蹄で大地を掘りながら駆けていった。ハイゼンベルクは彼らがどうやってこんな不毛の大地で生きていけるのか理解できなかったが、その足跡をたどって石膏の採石場まで行き、ドイツ全土で有名なこの島の化石がひとつでも見つからないかと石を割って楽しんだ。その午後はずっと採石場の底に石を投げ込んで過ごした。石は千々に砕け、第二次大戦後に英国がヘルゴラント島で展開することになる暴力行為を――無意識のうちに、顕微鏡レベルで――予期していた。そのとき彼らは残ったすべての弾薬、魚雷、地雷を集めて、この島の中心で核以外での史上最大の爆発を引き起こしたのだ。英国によるこのビッグバンの衝撃波は六十キロ離れた家の窓を割り、島の上に三千メートルの高さまで黒煙を立ち昇らせ、二十年前にハイゼンベルクが夕日を眺めに登った斜面を粉砕することになる。

崖の縁まで差しかかったところで、島に濃い霧が降りてきた。ハイゼンベルクはホテルへ戻ることにしたが、振り返ると道が消えていることに気づいた。眼鏡のレンズを拭いて、安全に断崖から遠ざかれるような目印を周囲に探したが、完全に方向感覚を失っていた。霧が少し晴れたとき、前日の午後に登ろうとした巨大な岩が見えたような気がしたが、一歩踏み出すやいなや、また霧に包まれてしまった。他の優れた登山家と同様に、彼は悲劇に終わった登山の話をいくつも知っていた。自分も足を踏み外せば頭を割ってしまうだろう。平静を保とうとしたが、周囲のすべては一変していた。風は凍りつき、地面から舞い上がる土埃が目を刺し、陽の光は霧に遮られていた。足もとに見えたわずかなもの——干からびた糞、カモメの骨、皺くちゃになった飴の包み紙——に奇妙な敵意が感じられた。半時間前には暑くてコートを脱がねばならなかったのに、寒さで手がかじかんだ。どの方向にも進めず、彼はその場に座り、ノートをめくり始めた。

それまで自分がしてきたことがすべて無意味に思えた。自らに課した制約は馬鹿げていた。そんなふうに原子を暗くして明らかにする術はない。自己憐憫の波が胸に湧き上がるのを感じ始めたとき、一陣の風が霧をつかの間吹き払い、村に降りる道を示してくれた。彼はさっと立ち上がって、その道に向かって駆け出したが、霧は去ったのと同じくらいすぐに戻ってきた。道がどこにあるかはわかっているさ、と彼は自分に言い聞かせた。少しずつ近づいて、目の前の地形の細部に注意を払いさえすればいい、十メートル先にはあの割れた石がある、二十メートル先には割れた瓶のかけらがある、百メートル先にはあの枯れ木のねじれた根があるはずだ。しかし周囲を見渡しただけで、自分が道に近づいているのか、それとも奈落へ向かって突き進んでいるのか知る手がかりがないのを認めざるをえなかった。また腰を下ろそうとしたとき、周囲でくぐもった雷鳴が聞こえた。轟音は大地を揺るがし、次第に激しさを増し、ついには足もとの小石がまるで生命を得たかのように踊り出した。彼の視界のすぐ先を、全速力で移動する一群の影が見えた気がした。馬だ、彼は心臓の鼓動を抑えようとしながら自分に言い聞かせた。霧のなかをやみくもに走るただの馬だ。しかし、空が完全に晴れたあとで彼がいくら探しても、馬の足跡はひとつも見つからなかった。

続く三日間、彼は部屋に閉じこもり歯磨きもせず、休むことなく研究に励んだ。フラウ・ローゼンタールが、この部屋から死臭がし始めたと言って押し入ってきて彼を追い出していなければ、そのまま続けていただろう。ハイゼンベルクは服の臭いを嗅ぎながら港へ降りていった。いつからシャツを着替えていないだろう。彼は地面に目を釘付けにして、他の観光客の目を避けるのに必死だったので、彼の注意を惹こうとしていた若い娘にぶつかりそうになった。宿のおかみ以外の人間と接するのは久しぶりだったので、その目を輝かせた巻き毛の娘が貧窮者支援のバッジを売ろうとしているだけであることを理解するのにいつもより時間がかかってしまった。ハイゼンベルクはポケットを探った。彼女に渡す一マルク硬貨すらなかった。娘は頬を赤らめて微笑み、どうか気にしないでと言ってくれたが、ヴェルナーの胸は沈んだ。このいまいましい島で自分はいったい何をしているのか？　恋人を抱いて歩き回っている下船してきたばかりの酔った色男たちの集団に近づいていく娘の姿を目で追いながら、彼は、島で独り者の男はきっと自分だけなのだろうと思った。振り向くと、彼は抑えがたい奇妙な感覚に襲われた。遊歩道沿いに並ぶ店が、巨大な炎の嵐で焼け焦げた廃墟のように見えた。周囲の人々はハイゼンベルクにしか見えない炎で皮膚を焼かれていた。子どもたちは髪の毛を燃やしながら駆け回り、恋人たちは火葬場の丸太のように燃え上がり、彼らの体から空に向かって伸びる炎の舌のように腕を絡めて笑い合った。ハイゼンベルクが脚の震えを抑えようと歩を速めたそのとき、耳をつんざくような大きな衝撃音が聞こえ、光線が雲を貫いて彼の脳に穴を開けた。持病の片頭痛の発作を告げる兆候にほとんど目が眩んだ状態で、吐き気と、額の真ん中から耳にかけて広がる、頭が二つに割れるような痛みをこらえながらホテルまで駆け戻った。やっとのことで二階に這い上がり、ベッドに気を失って倒れ込んだときには、熱のせいでぶるぶると震えていた。

彼はまたもや食べたものを体内にとどめておくことができなくなったが、島を散歩するのをやめようとはしなかった。動物のように自分のなわばりにマーキングしながら前進し、靴を履いたまましゃがんで大便をし、それから石を掘り返して上から覆い、お尻を丸出しでいるところを今にも誰かに見つかるのではないかと思っていた。宿のおかみがあの無理に飲ませる強壮剤で毒を盛ろうとしていると彼は確信していたが、下痢と嘔吐の結果、ハイゼンベルクの体重が減っていくにつれて、おかみはますます多くの薬をスプーンに盛るようになった。ついにベッド（脚を伸ばせないほど狭い）から下りられなくなると、彼は着込めるだけの服を着込み、毛布を五枚首までかけて、熱を燃やそうとした。それは母から教わった民間療法で、医者の手にかかるくらいならどんな苦痛でも我慢するほうがましだと信じ込み、その効果も疑わずに実践したのだった。

頭から爪先まで汗だくになりながら、前の宿泊客が忘れていったゲーテの『西東詩集』を暗記して一日を過ごした。その詩を声に出して何度も読んだ。いくつかの詩は彼の閉め切った部屋を抜け出し、ホテルのがらんとした廊下で増幅されて、まるで亡霊のうわごとであるかのようにそれを聞いた他の客たちを困惑させた。ゲーテはハージャ・シャムスッディーン・ムハンマド・ハーフィズィ・シーラーズィー、単にハーフェズとして知られるイスラーム神秘主義者に触発されて、一八一九年にこの詩を書いた。ドイツの文豪はこの十四世紀の偉大なペルシアの詩人を自国で出版された劣悪な翻訳で読み、その本を神の宣託によって受け取ったと考えるに至った。ゲーテはハーフェズに自己を重ね合わせるあまり、声までがらりと変わって、四百年以上も前に神と葡萄酒の栄光を歌った男の声と融合した。ハーフェズは快楽主義者であると同時に聖なる酔っ払いでもあった。祈りと詩とアルコールに身を捧げ、六十歳のときに砂漠の砂の上に円を描いて中心に座り、全能にして唯一の神であるアッラーの心に触れるまで立ち上がらないと誓った。彼は太陽と風に痛めつけられながら、沈黙のなかで四十日間を過ごし、結果は得られなかったが、死の一歩手前で彼を発見した男がくれた一杯の葡萄酒で長い断食を破ったとき、第二の意識が目覚め、自分の意識に重なるのを感じ、それを五百以上の詩に書き取った。ゲーテもまた『西東詩集』執筆に際して助けを得たが、それは神の啓示ではなく、友人の妻マリアンネ・フォン・ヴィレマーで、彼と同じくハーフェズの愛読者だった。彼らは共同でこの詩集を書き、草稿をエロティシズムたっぷりの長い手紙に仕立てた。ゲーテはそのなかで、彼女の乳首を噛んだり、指で彼女を貫いたりする自分の姿を思い浮かべ、いっぽうのマリアンネは彼の肛門に挿入するのを夢見ているが、二人が実際に会ったのは一度きりで、彼らがそうした妄想を実現できたという証拠はない。マリアンネはハーテムの恋人ズレイカの声による東風の歌を書いたが、彼女が共作者であることは、自身が亡くなる前の晩に、ハイゼンベルクが熱で震えながら読んだのと同じ詩行、「天を包む熱はどこに?／灰色の霧が我が目を曇らせる／目を凝らせども見えない」を朗読して告白するまでは秘密にされていた。

病に伏していてもハイゼンベルクは行列の研究に執着した。フラウ・ローゼンタールが熱を下げようと冷湿布を彼の額にのせ、医者を呼ぶよう説得するあいだも、振動子だの、スペクトル線だの、調和束縛電子だのについて語り、もう二、三日耐えれば自分の肉体は病気を克服し、精神はこうして閉じ込められた迷宮から抜け出す方法を探し当てると確信していた。ページをめくるのもやっとの状態にもかかわらず、ゲーテの詩を読み続け、そのひとつひとつが自分に向けられた矢のように思えた。「私は死を懐かしむ者にのみ宝を与える／恋は私をその炎で焼いた／我が心の思いをすべて灰にした」。なんとか眠りについたとき、彼は部屋の真ん中でくるくる回るイスラーム神秘主義の修道僧たちの夢を見た。酔っ払った裸のハーフェズが四つん這いで犬のようにワンワン吠えながら僧たちを追い回していた。ハーフェズは彼らを軌道から追い出そうと、ターバンを、葡萄酒のグラスを、そして空の水差しを投げつけた。僧たちのトランス状態を破れないことがわかると、ひとりひとりに小便をかけ、彼らのチュニックの生地に黄色い染みの模様を残していったが、ハイゼンベルクはその模様に行列の秘密を見出したと思った。手を伸ばして捕まえようとしたが、その染みは長い数字の列となって彼の周囲で踊り、首の周りにますますきつく巻きつき、ついには息をするのも苦しくなった。そうした悪夢も、エロティックな夢のあとではありがたい休息となった。彼が体力を失うにつれてエロティックな夢は激しさを増し、思春期のころのように夢精でシーツを汚すようになった。彼はフラウ・ローゼンタールがシーツを交換するのを阻止しようとしたが、彼女が部屋を隅々まで掃除しない日は一日となかった。ハイゼンベルクは恥ずかしさに耐えられなかったが、自慰行為は拒んでいた。肉体の全エネルギーを研究に捧げるために溜め込んでおくべきと信じていたのだ。

真夜中、枯草熱で消耗した彼の脳内で奇妙なつながりが生じ、何の脈絡もなく、直接的に結果が得られるようになった。不眠による錯乱状態のなかで、彼は脳が二つに分かれるのを感じた。右脳と左脳はそれぞれ独自に働き、互いに交わることもなかった。彼の行列は通常の代数のあらゆる規則に反していた。それは一が多となりうる夢の論理に従っていた。二つの数を掛け算しても、掛ける順序に応じて異なる解を得ることができた。3×2＝6だが、2×3は別の結果になりうるのだ。自問自答に疲れ果て、彼は最後の行列にたどり着くまで作業を続けた。それが解けたとき、彼はベッドから跳ね起きて、「観測されないもの、直観、抽象！」と叫び出し、ついにはホテル中の人々が目を覚ました。フラウ・ローゼンタールが部屋に入ると、パジャマのズボンを糞まみれにしたハイゼンベルクが床に昏倒するのが見えた。彼女はなんとか相手を落ち着かせると、ベッドに寝かせて、譫妄状態を行きつ戻りつしている彼の訴えに耳を貸さず、医者を呼びに駆け出していった。

ハーフェズがベッドのそばの床に座ってワイングラスを差し出していた。ハイゼンベルクはそれを受け取り、顎や胸に滴らせながらごくごくと飲み干したあと、いまや手首から血を流しながら猛烈な勢いでマスをかいている詩人の血が混じっていることに気づいた。こういう食い物や飲み物のせいで**貴様は太り、無知になったのだ！**　とハーフェズが吐き捨てるように言った。**だが睡眠と食事を断てば貴様にもチャンスがある。ただ座って考えてばかりではいけない。外に出て神の海に身を沈めるのだ！　髪一本濡らしたところで智慧は得られぬぞ。神が見える者は疑いを抱かぬ。心も目も清らかなのだ。**眩暈を覚え、混乱したハイゼンベルクは亡霊の指示に従おうとしたが、三日熱のせいで身動きできず、歯はがちがちと鳴り続けている。ようやく意識が戻ったのは医者の注射針が刺さるちくっとした感触があったときで、医者の肩の上で宿のおかみが泣いているのが見え、医者は、大丈夫ですよ、風邪をこじらせただけですからと請け合っていたが、二人とも、すでに体内の血をすべて失ったにもかかわらずまだ立派な勃起を保っているハーフェズの死体にまたがったゲーテの姿は見えていなかった。このドイツの詩人は、残り火に息を吹きかける者のように、唇をすぼめて勃起を煽ろうとしていた。

ハイゼンベルクは深夜に目を覚ました。熱は下がり、思考はいつになく明晰だった。ベッドから起き上がると、自分の体が自分のものでないような気分のまま機械的に服を着た。机に歩み寄り、いつものノートを開くと、すべての行列が完成していたが、その半分は自分でもどうやって構築したかわからなかった。彼はコートを手に冷たい夜気のなかに出た。

空には星ひとつなく、月明かりに照らされた雲だけがあったが、何日も閉じ込められていたあとで目が暗闇に慣れていたので、何の不安もなく歩くことができた。断崖に向かう道を寒さも感じずに進み、島で最も高い場所に着くと、夜明けまでまだ数時間あるというのに、水平線に現われる輝きが見えた。その輝きは太陽ではなく地球そのものから発せられていて、ハイゼンベルクはおそらくどこかの大都市の輝きだろうと考えたが、いちばん近い都市でも何百キロも離れていることは知っていた。その光は彼に届くはずもなかった。だが彼には見えた。座って海から吹き上げる風を額に浴びながら、ノートを開いて行列を見直していったが、緊張のあまり間違えてばかりいて、最初からやり直さねばならなかった。最初の行列が正しいことを確認すると、体の感覚が戻ってきた。二つ目に取りかかっていたとき、寒さで手が震えた。鉛筆が、まるで未知の言語の記号でも用いているかのように、紙の上に記された彼の計算の上下に小さな印をつけていった。行列はすべて一貫していることが判明した。

ハイゼンベルクは、直接観察しうるものにのみ基づいて量子系を構築していた。隠喩を数に置き換え、原子内部で起こることを司る法則を発見したのである。彼の行列を使えば、電子がある瞬間から次の瞬間までどこにあるか、他の粒子とどのように影響し合うかを記述することができた。イメージに頼ることなく、純粋な数学のみを用いて、ニュートンが太陽系に対して行なったことを原子内世界で再現したのである。どうやってそれらの結果を出したかはわからなかったが、それはそこに、彼自身の手で書かれていた。これが正しければ、科学は現実をその根底において理解できるどころか、操ることすらできるようになるだろう。その種の知がもたらす結果を考えると、ハイゼンベルクはあまりにも強烈な眩暈に襲われ、ノートを虚空に放り投げたくなる衝動を必死でこらえねばならなかった。彼は、原子内部の現象の向こう側に、自分が新たな美を見ているような気がした。興奮のあまり眠れなかったので、海の上に突き出ている切り立った岩まで歩いた。その土台に飛び乗り、頂上までよじ登ると、虚空に足をぶらぶらさせて座り、断崖の壁に打ち寄せる波の音を聞きながら日の出を待った。

ゲッティンゲン大学に戻ったハイゼンベルクは、自らが受けた啓示を発表できる論文にまとめようと格闘した。結果は、笑止千万とまではいかなくとも、控えめに言って脆弱なものに見えた。その論文では、軌道や軌跡、位置や速度についての話は一切なく、すべてが数字の複雑な格子と、胸の悪くなるほど複雑な一連の数学的規則に置き換えられていた。最も単純な計算を行なうにも多大な努力を要し、当の本人ですら、自らの行列と現実世界との接点を読み解くことは事実上不可能だった。それでも確かに機能している！　あまりにも不安で発表する勇気がなく、彼は草稿をニールス・ボーアに渡し、ボーアはそれを数週間にわたって机の上に放置した。

ある日の朝、他にすることもなかったボーアはそれをめくり始め、その後ますます魅了されながら何度も読み返した。すぐに彼はハイゼンベルクの新発見にのめり込み、夜も眠れなくなった。このドイツの若者が成し遂げたことは前代未聞だった。それはいわば、ウィンブルドンのテニスの試合の全ルール――選手が着用を義務づけられた白いユニフォームからネットの張力に至るまで――を、コート上で起きていることを一度も観察することなく、競技場の壁を越えて飛んできたわずかな数のボールだけを手がかりに推測するようなものだった。ボーアはどれだけ試しても、ハイゼンベルクが行列を編み出すのに用いた奇妙な論理を解読できなかったが、この若者が何か根本的なものを発見したことはわかった。彼は真っ先にアインシュタインに知らせた。「もうじき発表されるハイゼンベルクの新しい論文には、まったくもって困惑させられる。神秘主義者の仕事のように見えるが、間違いなく正しく、そしてとてつもなく深い」。

一九二五年十二月、ハイゼンベルクは雑誌「ツァイトシュリフト・フュア・フィジーク」三十三号に、量子力学初の定式化となる論文「運動学的および力学的な諸関係についての量子論的再解釈」を発表した。

二　公子の波

ハイゼンベルクの説に人々は愕然とした。

アインシュタイン自身、まるで失われた宝の地図であるかのように「行列力学」の研究に没頭したが、そこには真に嫌悪を催させる何かがあった。「ハイゼンベルクの理論は、近年のあらゆる貢献のなかで最も興味深いものだ」と、彼は友人ミケーレ・ベッソに宛てた手紙で書いている。「無限の行列式を含み、座標の代わりに行列を用いた悪魔の計算。実に巧みだ。そしてその悪魔的な複雑さゆえに、偽りであると証明されることから守られている」。だが、アインシュタインが忌み嫌ったのは数式の難解さではなく、もっと根本的なこと、つまりハイゼンベルクが発見した世界が常識と相容れないことだった。行列力学は通常の物体——それが想像を絶するほど小さいとしても——を記述せず、古典物理学の言語や概念では名づけることすらできない現実のある側面を記述していた。アインシュタインにとってそれは些細な問題ではなかった。相対性理論の父は視覚化の大家だった。空間と時間に関する彼のあらゆるアイデアは、最も極端な物理的状況における自分自身を想像する能力から生まれた。それゆえ、より遠くを見るために自らの両目をえぐり出したようなドイツの若者が要求する制約を受け入れる気にはなれなかった。アインシュタインは、そうした考え方を突き詰めていけば、物理学全体に闇が広がりかねないと直観していた。ハイゼンベルクが勝利したとなれば、この世の諸現象の根本的な部分は私たちが決して知ることのできない法則に従うことになり、まるで制御の効かない偶然が物質の核心に巣食ったようになってしまう。誰かが彼を止めねばならない。ハイゼンベルクが原子を閉じ込めたブラックボックスから、誰かが原子を取り出さねばならない。そして、アインシュタインにとってその誰かとは、臆病で礼儀正しく風変わりなフランスの若者、のちに第七代ブロイ公爵となるルイ＝ヴィクトル・ピエール・レーモン公子だった。

フランスで最も由緒ある貴族の家系のひとつの御曹司であるルイ・ド・ブロイは、姉に甘えて育った。何よりも弟を可愛がっていた公女ポーリーヌは、回顧録のなかで彼のことを、「プードルのような巻き毛で、小さな顔に笑みを浮かべ、いたずらっぽい目」をした細身の少年だったと述べている。小公子ルイは幼少期を通じて贅沢で特権的な暮らしを享受したが、両親には構ってもらえなかった。そうした愛情の欠如を補ってくれたのが姉で、どんな些細なことでも弟を褒めてくれた。「食堂のテーブルでものべつまくなしに話し、誰かに怒鳴りつけられても口をつぐむことができませんでした。彼の発言というのがまた、たまらなく魅力的なのです！　孤独のなかで育った弟は、すでに大変な読書家で、完全な非現実の世界に住んでいました。驚異的な記憶力の持ち主で、古典劇の全場面を疲れも知らずに暗誦できましたが、ちょっとしたことで恐怖に震えることもありました。鳩に怯え、犬や猫を怖がり、階段を上がってくる父の靴音が聞こえただけでパニックになりました」。少年が歴史と政治に特別な嗜好を示したことから（わずか十歳にして第三共和政の全閣僚の氏名を挙げることができた）、家族は彼が外交官の道を歩むものと想像したが、最終的に彼を惹きつけたのは、兄である実験物理学者モーリス・ド・ブロイの実験室だった。

実験室は一族が所有する邸宅のひとつの大部分を占め、やがてシャトーブリアン通りの一角を占めるまでになった。かつてサラブレッドが眠っていた厩舎では、いまや巨大なX線照射装置がうなりを上げ、そこから伸びる太いケーブルは、客用のバスルームのタイル壁と、父の死後、小公子の後見人となった兄モーリスの書斎の壁を覆う貴重なゴブラン織のタペストリーを貫いて主要な実験室につながっていた。ルイは科学の道に進み、兄が実験物理学で見せたのと同じ適性を理論物理学で示した。まだ学生のころ、ヨーロッパで最も権威ある科学会議である第一回ソルベー会議の書記として兄の取った量子物理学に関するメモに目が留まった。一見偶然にも思えるこの出来事が彼の人生の方向性を変えたばかりか、彼の性格に非常に奇妙な変化をもたらしたので、イタリアでの休暇から戻った姉のポーリーヌは弟が誰だかわからないほどだった。「幼いころにわたしをあれほど楽しませてくれたあの『小さな王子』はすっかり消え失せていました。弟はいまや小部屋にこもりきりで、数学の参考書に没頭し、同じことの繰り返しばかりの融通のきかない日課に縛られていました。恐ろしいほどの速さで、修道生活を送る禁欲的な男へと変貌を遂げ、いつも目の上に少し垂れていた右目の瞼はいまやほとんど目を覆うようになり、それがまた残念なほど外見を損なってしまい、彼の放心した女々しい雰囲気を強調するばかりでした」。

一九一三年、第一世界大戦が勃発する直前、ルイは兵役義務を果たすために工兵隊に入隊するという過ちを犯す。彼は戦争が終結するまでのあいだ、エッフェル塔の電信技士として敵の通信を傍受するのに使われる機器の整備を担当した。生まれつき臆病で平和主義者だった哀れなルイにとって、軍隊生活は耐えられるものではなかった。戦後の数年間、彼はヨーロッパの大惨事が自らの精神にもたらした影響についてしばしば苦々しく不平を述べた。曰く、彼の精神は二度とかつてのようには機能しなくなったという。

彼が会い続けた唯一の戦友は若い芸術家ジャン゠バティスト・ヴァセクで、ド・ブロイにとって生まれて初めての真の友だった。エッフェル塔の上でともに過ごした退屈な数年間、彼との付き合いは唯一の楽しみで、除隊後も親愛の情に満ちた交友を続けた。ヴァセクは画家だったが、アール・ブリュットの名の下にまとめた膨大な数のコレクションの蒐集にも力を注いでいた。それらは精神病者や浮浪者、知的障害をもつ子ども、中毒者、酔っ払い、堕落した人々による詩や彫刻やデッサンや絵画で、彼はそれらの作品の歪んだヴィジョンに未来の神話が育まれる場が見えると考えていた。ド・ブロイは、ジャン゠バティストが「純粋な状態の創造的エネルギー」と呼ぶもので何か有益なことができるとは思わなかったが、芸術に対する友人ののめり込み方はルイ自身の物理学に傾ける偏執狂的な情熱と似ていたので、二人はド・ブロイ邸のサロンで午後中ずっとおしゃべりしたり、時が経つのも忘れて、外界で起きていることを一切気にかけず、心地よい沈黙のなかで過ごしたりした。

画家が自殺したとき初めて、ド・ブロイは自分が友人をどれほど深く愛していたかに気づいた。ヴァセクはなぜ自分がそうしたのか何の説明も残さず、ただ「最愛のルイ」に自身のコレクションの維持と、可能ならばそれを拡大し続けるようにと乞うメモを残していて、ルイはその指示に忠実に従った。

ド・ブロイは物理学の研究を放棄し、失われた愛のプロジェクトを継続することに大いなる集中力を傾けた。一族の資産の自らの相続分を使い、フランスだけでなくヨーロッパの大部分のあらゆる精神病院を訪れ、患者たちが描くことのできたあらゆる芸術表現を買い上げていった。すでに完成した作品を購入するにとどまらず、新たな作品と引き換えに資金を拠出したり、院長たちに画材を提供し、現金と母親のコレクションの宝石を賄賂にあらゆる困難を取り除いていった。だが彼はそこで止まらなかった。精神病院を回り尽くすと、発達障害の子どもたちを支援する財団を自ら設立し、子どもが見つからなくなると、暴力的な囚人と有罪判決を受けた性犯罪者のための芸術奨学金を創設した。ついには教会の慈善団体に接触し、浮浪者たちを受け入れ、詩や絵や音楽作品の一節と引き換えに食事と寝る場所を提供する救貧院に出資した。コレクションを蒐集した邸内にもはや紙一枚収める余地もなくなると、亡き友を主催者として銘打った大々的な展覧会「人間の狂気」を催した。

オープニングには大勢が集まり、警察は圧死者が出ないよう敷地の門に押し寄せた群衆を追い払わねばならなかった。展覧会では批評家の意見が真っ二つに割れた。美術界の陥った究極の堕落を非難する側と、ダダイストの実験が退屈したお坊っちゃんたちの室内ゲームに見えるほどの新しいタイプの芸術の誕生に拍手喝采する側とである。フランスのような、わずかに残る貴族たちの奇矯さに慣れきっている国ですら、その展覧会は理解しがたいものだった。ド・ブロイ公子が愛人のひとりを称えるために一族の財産を浪費したという噂は、そのシーズンを通じて社交界の話題となった。ジャン＝

バティストの絵画（ド・ブロイが展覧会の特別室に飾っていたもの）を容赦なくあざ笑う記事を読んだとき、ルイはヨーロッパのありとあらゆる狂人たちの作品とともに邸宅に閉じこもり、三か月のあいだ姉以外の誰とも会おうとせず、彼女が運んだ食事には手もつけず、ドアの前に放置した。

このままではルイが餓死してしまうと考えたポーリーヌは、兄に介入してほしいと訴えた。モーリスは邸宅のドアを二十分間叩き続けたが返事はなく、その後ショットガンでドアの閂を吹き飛ばした。弟を療養所まで引きずってでも連れていこうと五人の使用人を従えて突入すると、ゴミの彫像がひしめく廊下や広間を怒鳴りながら進み、クレヨンで描かれた地獄図を初めて目の当たりにし、やがて展覧会のメイン会場まで行くと、そこにはノートルダム寺院の――ガーゴイルのひとつひとつの特徴も含めて――完璧なレプリカがあり、それはすべて糞で作られていた。激怒したモーリスは最上階の寝室に急ぎ、そこに薄汚れて栄養失調の（もしかするともう死んでいる）小さなルイがいるものと思い込んでいたので、ドアをくぐると、そこに青いビロードのスーツを着た、口髭も髪も切り揃えたばかりの弟が悠々とした笑みを浮かべ、子どものころのように目を輝かせて小さな煙草を吸っているのを見たときは目を疑った。

「モーリス」と彼は言い、まるで前日の午後に会っていたかのごとく自然な調子で兄に向かって紙の束を差し出した。「僕が正気を失ったかどうか教えてくれたまえ」。

二か月後、ルイ・ド・ブロイは歴史に名を残すことになるアイデアを発表した。それは、彼らしい謙虚さから単に「量子論に関する研究」と題された、一九二四年提出の博士論文に含まれていた。彼は完全に当惑した大学の審査委員会を前に、眠気を誘うほどに単調な喋り方で自説を述べ、説明を終えるやいなや、論文が承認されたかどうか確かめもせずに部屋を出ていった。というのも、審査員たちには、たった今耳にしたばかりのことに疑問を呈する言葉も見つからなかったからである。

「現状の物理学には、我々の想像力に怪しい魔法をかける誤った学説が存在します」とド・ブロイはいつもの鼻にかかった甲高い声で断言した。「我々は一世紀以上にわたり、世界の現象を二つの分野に分けてきました。ひとつは固体物質である原子と素粒子、もうひとつは発光するエーテルの海のなかを伝播する非物質的な光の波です。しかしこの二つのシステムを分離したままにすることはできません。これらを複数の相互関係を説明する単一の理論に統合する必要があります。その第一歩を踏み出したのが、我らが同志アルベルト・アインシュタインです。彼はすでに二十年前、光は単なる波ではなく、エネルギーの粒子を含んでいると仮定しました。これらの光子はエネルギーが凝縮されたものにほかならず、光の波のなかを移動します。多くの人々がこの説の信憑性を疑い、我々に提示された新たな道を見ないように目を閉じようとする者もいました。なぜなら——誤解してはいけません——これは真の革命なのです。我々は物理学における最も貴重な対象、光について話しています。光はこの世界の形だけでなく、銀河の渦巻腕を飾る星々や、物質の隠された核心部を見せてくれます。ですが、この対象は単一ではなく二重なのです。光は二つの異なる方法で存在しています。それゆえに光は、我々が自然界に現われる無数の形状を分類しようとしてきた諸々の範疇を超越するのです。波と粒子として、光は二つの領域に住み、ヤヌス神の二つの顔のような正反対の二つのアイデンティティを有します。それは古代ローマの神と同じように、連続と分散、分離と個別という相反する性質を示しています。この啓示に異を唱える人々は、この新たな正統性は理性からの逸脱を意味すると主張します。そのような人にはこう述べておきます。すべての物質にはこの二面性があるのです！　光のみがこの二重性をこうむるのではなく、神が宇宙を構築した原子ひとつひとつもまたそうなのです。皆さんのお手元にある論文は、物質の粒子それぞれに——電子であれ陽子であれ——それを空間内で移動させる関連した波があることを示すものです。多くの方が私の推論を疑うであろうことは承知しています。告白すると、私はこの理論を孤独のうちに編み出しました。私はその奇妙な性格を認めますし、偽りであると証明された場合に降りかかるかもしれない罰も受け入れます。ですが今日ここで皆さんに断言しておきたいのは、あらゆる物質は二通りの方法で存在する可能性があり、どんなものも見かけほど堅固ではないということです。子どもが枝の上でぼんやりしている雀を狙う手のなかの小石は、水のようにその子の指のあいだを滑り落ちるかもしれないのです」。

ド・ブロイは正気を失っていた。

一九〇五年、アインシュタインが光には「粒子と波動の二重性」があるという説を提起したとき、誰もが行き過ぎであると考えた。光は非物質だから、ひょっとするとそのような奇妙な存在の仕方もありえなくはない、と彼を批判する者たちは推論した。いっぽうで物質は固体である。それが波のように振る舞うとは考えられなかった。この二つほど正反対なものはない。物質の粒子とは、つまるところ、とてつもなく小さな金の粒のようなもので、特定の空間に存在し、世界でただひとつの場所を占める。質量が集中しているため、それを見れば、そのときごとに正確な位置を知ることができる。同じ理由で、投げて途中で何かにぶつかると跳ね返される。そしてつねに特定の地点に着地する。いっぽう、波とは海水のようなものだ。茫漠としていて、広大な表面に広がっている。このように波は同時に複数の位置に存在する。波が岩に当たれば、波は岩を回り込んでそのまま進み続ける。二つの波がぶつかる場合、相殺されて消えることもあれば、影響を受けずにすれ違うこともある。そして波が海岸に打ち寄せるとき、それは浜辺の複数の地点で起こるのであって、あらゆる地点で同じ瞬間に起こるわけではない。二つの現象は本質的に正反対であり、相反するものである。その振る舞いは拮抗している。それでもド・ブロイは、すべての原子は――光と同じく――波であり粒子であるのだと、ときには前者として、ときには後者として振る舞うのだと述べた。

ド・ブロイの提起した説は、当時共有されていた知識にあまりにも反していたので、審査委員会は彼の提案を評価することができなかった。単なる博士論文に、物質について根本的に新しい方法で考えさせられるという事態も異例のことだった。委員会は、ソルボンヌ大学の三名の第一人者――ノーベル物理学賞受賞者のジャン・バティスト・ペラン、高名な数学者のエリー・カルタン、結晶学者のシャルル・ヴィクトル・モーガン――と、コレージュ・ド・フランスから招聘したポール・ランジュヴァン教授で構成されていたが、彼らのうちの誰一人として、若いド・ブロイの革命的な考えを理解することができなかった。モーガンは物質波の存在を信じることを拒んだ。ペランはルイが博士号を取得できるかどうか知りたがっているモーリス・ド・ブロイに手紙をしたため、「私に言えるのは君の弟が非常に聡明だということだけだ」と打ち明けた。ランジュヴァンも言うべき言葉が見つからなかったが、論文の写しをアルベルト・アインシュタインに送り、物理学の法王がこのフランスのとんがり鼻の小公子が提示した説を理解できるかどうか確かめようとした。

アインシュタインは何か月も返事をしなかった。あまりに返事が遅いので、ランジュヴァンは自分の送った郵便が途中で紛失してしまったのではないかと考えた。すでに審査の最終結果を求めていたソルボンヌ大学に促されて二通目の書簡をアインシュタインに送り、論文を読む時間は見つけたか、あれは意味をなす内容なのかと尋ねた。

返事は二日後に届き、それによってド・ブロイは突如として名声を確立することとなった。アインシュタインは彼の業績に物理学の新たな道の端緒を見た。「彼は分厚いヴェールの端を持ち上げてくれた。これは量子世界に存在するこのジレンマに射し込んだ最初のかすかな光、我々の世代で最も恐るべき存在だ」。

三　耳のなかの真珠

一年後、ド・ブロイの論文は、才能に恵まれながら挫折したひとりの物理学者の手に渡り、彼の頭のなかで物質波は途方もない規模にまで成長した。

エルヴィン・ルドルフ・ヨーゼフ・アレクサンダー・シュレーディンガーは、戦間期にヨーロッパを襲った悲惨の多くを経験した。破産し、結核を患い、たった二年のあいだに私生活でも仕事の上でも一連の恥辱にまみれて自身のキャリアを断たれたうえに、父と祖父の苦しみと死を見届けねばならなかった。

それに比べれば、第一次大戦中の歳月は彼にとって驚くほど平穏だった。一九一四年に将校として陸軍に入隊し、オーストリア＝ハンガリー帝国軍の砲兵の小部隊を率いるためにヴェネト州の高原地帯に派遣された。自腹で買った大型拳銃二丁を携え、シュレーディンガーはイタリアに向けて出発したが、一度も発砲する機会はなかった。北部アルト・アディジェの山中にある要塞に転属となり、そこで高地の爽やかな空気を満喫したが、その間、二千メートル下では無数の兵士たちが、やがてそのなかで死ぬことになる塹壕を掘り始めていた。

彼が唯一味わった真の恐怖は、要塞にあった見張り塔のひとつに十日間詰めていたときに起きた。星を見ながら眠り込んでしまい、目を覚ますとたくさんの光が列をなして山の斜面を進んでいくのが見えた。シュレーディンガーは飛び起き、その光の列が覆う地面の範囲から、彼の中隊の三倍はある、少なくとも二百人の部隊がやってくると見積もった。実戦に身を投じる可能性を目の前にして感じた恐怖があまりに大きかったので、鳴らすべき警報の種類も思い出せないまま、見張り塔のなかを右往左往した。そして鐘を鳴らそうとしたそのとき、光がまったく動いていないことに気がついた。双眼鏡で覗いてみると、それは聖エルモの火、すなわち要塞を囲む鉄条網が近づいてくる嵐のせいで静電気を帯び、その先端から舌のような形のプラズマが噴出していただけのことだった。その光景に心を奪われたシュレーディンガーは、最後のひとつが消えるまでその小さな青い光を見つめ、生涯にわたりその奇妙な発光に焦がれるようになる。

戦場で頭を使うこともなく、来もしない命令を待ち、誰も読まない報告書に記入して過ごすうち、彼は極度の無気力状態に陥ってしまった。部下たちはシュレーディンガーが昼食の時間まで起きてこず、午後もずっと昼寝をしていることに文句を言った。彼は一日二十四時間眠気に襲われ、五分と立っていられなかった。仲間の兵士全員の名前を忘れてしまったらしく、まるで頭のなかが有毒な腐食性の瘴気《しょうき》に侵されたかのようだった。空き時間を利用してオーストリアから同僚たちが送ってくれた物理学の論文に目を通そうとしたが、集中することができない。考え事をひとつすれば次の考え事につまずき、戦争の退屈さが精神病を引き起こしていると考えるようになった。寝る、食べる、トランプをする。寝る、食べる、トランプをする。これが人生なのか？　と彼は日記に書いている。この戦争がいつ終わるのかなど、もう考えたりしない。このようなことに果たして終わりは来るのか？　オーストリアが一九一八年十一月に休戦条約に調印すると、シュレーディンガーは飢えに苦しむウィーンへ帰還した。

それからの数年間、彼は自分の育った世界が完全に崩壊していくのを目の当たりにした。皇帝は退位させられ、オーストリアは共和国になり、母親は乳房に巣食った癌に体を蝕まれ、人生最後の数か月を極貧のなかで耐えねばならなかった。シュレーディンガーは実家のリノリウム工場を救えなかった。イギリスとフランスが停戦にもかかわらず続けていた経済封鎖の結果、倒産してしまったのだ。戦勝国側が無関心に傍観しているあいだ、オーストリア＝ハンガリー帝国は崩壊し、何百万もの人々が冬を越すための食料も石炭もなく必死に生き延びようとしていた。ウィーンの街路は戦場の亡霊を引き連れてきた傷病兵で溢れかえった。塹壕で毒ガスに侵された神経が彼らの顔を醜く歪め、筋肉は痙攣し、ぼろぼろの軍服にぶら下げた勲章を震わせ、ハンセン病患者の共同体の鐘のような音を鳴らした。国民は軍の統制下に置かれたが、その兵士たちは彼らが鎮圧すべき人々と同じくらい痩せ細り、飢えていた。彼らに配給される肉は一日百グラムにも満たず、その肉には巨大な白いウジ虫がはびこっているというありさまだった。ドイツから届くわずかな食糧を軍隊が配布する際には混乱を極めた。そうした暴動のひとつで、シュレーディンガーは群衆が警官を馬から引きずり下ろすのを目撃した。最後の一切れまで肉を奪い取ろうと周囲に詰めかけた大勢の女たちの手で、馬の死骸は五分と経たぬうちにばらばらにされてしまった。

シュレーディンガー自身、ウィーン大学で不定期に講義をしながら、わずかな給料で生計を立てていた。残りの時間はすることもなかった。ショーペンハウアーの本をむさぼるように読み、その本を通じてヴェーダーンタ哲学を知った。そして、広場でばらばらにされた馬の怯え切った目は、その死を悼む警官の目でもあり、生肉に噛みついた歯は丘の草を食んでいた歯と同じであり、馬の胸から引っこ抜かれた巨大な心臓は、女たちの顔に彼女たち自身の血を浴びせたということを知った。なぜなら個々の現象はすべて、ブラフマンという、世界の諸現象の根底にある絶対的現実の反映にすぎないからである。

一九二〇年、彼はアンネマリー・バーテルと結婚したが、結婚前に恋人たちを包んでいた幸せは一年も続かなかった。シュレーディンガーはいい職が見つからず、妻が秘書として稼ぐ月収のほうが彼が教師として稼ぐ年収よりも多かった。彼は妻に仕事を辞めさせ、流浪の物理学者となって、イエナからシュトゥットガルトへ、シュトゥットガルトからブレスラウへ、そしてそこからスイスへ、妻を伴って給料の安い職を渡り歩いた。チューリヒ大学理論物理学科の主任に任命されたときに運が変わったかに見えたが、わずか一学期で、激しい気管支炎の発作を起こして講義を中断せざるをえなくなり、それが結核の最初の発作となった。彼は九か月間、山間部の空気の澄んだ場所で過ごすことを余儀なくされ、スイス・アルプスのアローザにあるオットー・ヘルヴィッヒ医師の療養所に妻を連れて入所し、それからの数年間、肺の状態が悪化するたびにそこへ戻ることになる。最初の入所時、シュレーディンガーはヴァイスホルンの麓で厳しい高地療法を受け、ほぼ完治したが、この治療により、医者たちの誰にも説明のつかない奇妙な後遺症が残った。超自然的なまでの聴覚過敏である。

一九二三年、シュレーディンガーは三十七歳にして、ようやくスイスでの快適な日常生活を営めるようになった。彼にもアニーにも複数の愛人がいたが、互いの不倫を容認し、平和に暮らしていた。唯一彼を苦しめていたのは、自分の才能を無駄にしてしまったという意識だった。彼の知的優位は子どものころから明らかだった。学校では得意科目のみならず、全科目でつねに最高点をとっていた。同級生たちはエルヴィンが何でも知っていることに慣れていたので、うちのひとりは数十年経っても、少年時代のシュレーディンガーが教師に聞かれて唯一答えられなかった質問が「モンテネグロの首都はどこか？」だったことを覚えていた。天才の名声はウィーン大学に進んでからもつきまとい、学部の同級生たちはエルヴィンを話題にするとき、「あのシュレーディンガー」という言い方をした。彼の知識欲は生物学や植物学を含む科学の全分野に及んだが、絵画、演劇、音楽、哲学、古典研究にも取り憑かれていた。その抑えがたい好奇心は、精密科学に対する明らかな才能と相まって、教師たちに栄光に満ちた将来を予言させた。ところが歳月が経つにつれて、「あのシュレーディンガー」は並みの物理学者になってしまった。彼の論文はどれひとつとして目立った貢献をもたらさなかった。彼には兄弟がなく、アニーとのあいだに子どもができなかったので、もしその年齢で彼が死んでしまえば、彼の家名は永久に失われることになる。生物学的かつ科学者としての不毛から、彼は離婚を考えるようになった。おそらく、何もかも捨てて人生をやり直すべきなのだ。あるいは酒を断って、知り合った女の尻をいちいち追いかけ回すのをやめるべきなのだ。あるいは物理学を忘れて、他の情熱に打ち込むべきか。もしかすると、もしかすると。そんなことを考えながら一年の大半を過ごしたが、彼がしたことといえばせいぜい、妻が同じ学部の同僚だったオランダの物理学者ピーター・デバイととりわけ熱烈な関係を楽しんでいたのをいいことに、彼女とますます激しい口論をするようになったことくらいだった。次第に色褪せて同じことの繰り返しに見える未来に何の期待ももてず、シュレーディンガーは戦争中に自らを滅ぼしかけたのと同じ無気力に陥った。

そんな状況下で、彼は学部長からド・ブロイの理論に関するセミナーを行なわないかと誘いを受けた。シュレーディンガーは学生時代以来感じたことのない熱意をもってこの仕事に打ち込んだ。フランス人の論文を舐めるように分析し、アインシュタインと同様、公子の説の可能性をすぐさま見抜いた。ついに自分が夢中になれるものを見出したエルヴィンは、物理学科の全員を前にした発表のあいだ、まるで自説を披露するかのように胸を張っていた。彼は、かくも多くの問題を引き起こしている量子力学は、古典的な枠組みで手なずけることができると説明した。その極小のスケールの探求に際しても、学問の根本原則を変える必要はない。大きなもののための物理学と小さなもののための別の物理学が必要なわけはない。そして我々は、あのいまいましい神童ヴェルナー・ハイゼンベルクのおぞましい幾何学を使わずにすむのです！　とシュレーディンガーは述べ、同僚たちの笑いを誘った。ド・ブロイが正しければ、原子内部の現象には共通の属性があり、さらにそれは——とエルヴィンは提起した——永遠の基層の個々の現われにすぎないのかもしれない。発表を終えようとしたとき、デバイが彼の話を遮った。波をそのように扱うのは——とデバイは言った——かなり愚かなことだ。物質が波でできていると言うことと、物質がいかに波打つかを説明することは、まったく別の話だ。もしシュレーディンガー氏が最低限の厳密さをもって話すつもりなら、波動方程式が必要だ。それがなければ、ド・ブロイの説などフランス貴族のようなもので、魅力的ではあるが役に立たない代物ではないか。

　シュレーディンガーは尻尾を巻いて帰宅した。デバイの言うことは正しいかもしれないが、彼の発言は無礼で気取っているばかりか、まったくもって悪意に満ちていた。あのオランダ野郎め、俺はずっとあいつを憎んできた。あいつがアニーを見る目を見ればわかる。彼女があいつを見る目については言うまでもない……あの野郎！　とエルヴィンは書斎に閉じこもって怒鳴った。俺のケツにキスしやがれ！　糞を食らって死ね！　家具を蹴飛ばし、本を投げつけ、ついには咳き込んでひざまずくと、床から数センチのところで喘ぎながらハンカチを口に押し込んだ。口からハンカチを取ると、そこには満開の巨大な薔薇の花のような血の染みがあった。結核が再発した紛れもない証拠だった。


　シュレーディンガーはクリスマスの少し前にヘルヴィッヒの別荘にある療養所に到着し、デバイの鼻を明かす方程式が見つかるまではチューリヒに戻るまいと心に誓った。

　彼は、所長であるオットー・ヘルヴィッヒ医師の娘の部屋と隣り合ったいつもの部屋に落ち着いた。ヘルヴィッヒは療養所を重篤患者用の棟とシュレーディンガーのような患者用の棟に分けていた。医師は妻を出産時の合併症で亡くしたあと、十代になった娘をひとりで育てていた。娘は四歳のときから結核を患い、父親は娘の不幸は自分のせいだと自らを責めていた。患者たちの膝のあいだを這い回って育ったからだ。少女は自分と同じ病気で何百人もの患者が死んでいくのを目の当たりにしてきた。おそらくそれが、信じがたいほどの落ち着き、透明な、この世のものとは思えない空気を漂わせていた理由なのかもしれないが、それが唯一乱されるのは、彼女の肺のなかで細菌が目覚めたときだった。

そんなときはワンピースを血まみれにして療養所の廊下を歩き回り、あまりに痩せこけているせいで、鎖骨がまるで早春に生えてくる鹿の角みたいに今にも皮膚を突き破りそうに見えた。

シュレーディンガーが最初に見たとき、少女はまだ十二歳だったが、その年齢でも彼は目を奪われた。この点ではエルヴィンも他の患者たちとなんら変わりなく、皆がこの奇妙な生き物の魔法にかかり、自らの病気の発症と寛解のサイクルをヘルヴィッヒ嬢のそれに合わせているように見えた。これを彼女の父親は、自身のキャリアを通じて観察してきたあらゆる現象のなかで最も不可解なものとみなし、ムクドリの集団飛行、セミの一斉羽化、あるいはイナゴの突然の変態といった動物界の他の光景になぞらえた。単独で行動するおとなしい昆虫が群れと化して性格を一変させ、ついには飽くなき害虫となって地域一帯を荒らした末に一斉に死に絶え、生態系を過剰な栄養分で肥やすと、ハトやカラスやアヒルやカササギやクロウタドリなどの鳥たちは飛べなくなるまでそれを食い尽くす。娘が健康なら、医師は患者の誰一人として死なせることがないと確信がもてた。娘が病気なら、近々ベッドがいくつか空くことがわかった。少女は一度ならず死にかけた。そんなとき病は一夜にして彼女を変えた。体重が減りすぎて半分の大きさに縮んでしまったように見え、金髪は生まれたての赤ん坊のように細くなり、いつもなら死体のように真っ白な肌がほとんど透き通ってしまう。こうした生と死の世界を行き来することで、彼女は子どもらしい楽しみを奪われ、代わりに実際の年齢をはるかに超えた知恵を授かった。何か月も寝たきりだった彼女は、父親の書斎にあった科学関連の書籍全巻に加えて、退院した患者たちが置いていった本、慢性患者から贈られた本も読んでいた。幅広い読書と絶え間ない幽閉生活のせいで、少女は異常なまでに明敏な頭脳と飽くなき好奇心をもつようになった。シュレーディンガーが前回入所したときには、理論物理学の最新の動向について彼を質問攻めにした。そのため、外界との接触を事実上もたず、療養所の周囲から外には出たことすらなかったにもかかわらず、彼女はその分野についてすっかり詳しくなってしまったようだった。わずか十六歳にしてヘルヴィッヒ嬢は、自分よりはるかに年長の女性の知性、振る舞い、存在感を身につけていた。いっぽうのシュレーディンガーはまったく逆だった。

彼は四十の手前にして若々しい外見と思春期の態度を保っていた。同年代の連中とは違って形式張らない態度を好み、教授というより学生のような身なりをしていたため、しばしば困った羽目になった。あるときはチューリヒのホテルのコンシェルジュに浮浪者と勘違いされ、自分の名前で予約した部屋に通してもらえなかった。またあるときは、権威ある科学会議に招待され、立派な市民ならそうするように汽車に乗ったりせず徒歩で山を越えてきたため、髪は埃まみれ、靴は泥だらけで到着した姿を見た守衛に会場に入るのを制止されかけた。ヘルヴィッヒ医師は、療養所に愛人たちをしばしば連れ込むようなシュレーディンガーの型破りな性格を熟知していたが、それでも（あるいはひょっとするとそれゆえに）彼を大いに尊敬し、シュレーディンガーの健康が許すかぎり長時間スキーに出かけたり、周囲の山に一緒に登ったりした。今回、物理学者が到着したとき、医師は娘をついに社会生活に溶け込ませようと考えていたところだった。そのためにダボスで最も名門の女子校に入学手続きをしたが、入試の数学の試験で不合格となった。シュレーディンガーが療養所に足を踏み入れるやいなや、医師は彼をつかまえて、娘の家庭教師を日に二、三時間頼めるか、もちろん君の健康と個人的な仕事が許せばの話だが、と尋ねた。シュレーディンガーはできるかぎり丁重に断り、それから階段を一段飛ばしで、何かに突き動かされるように駆け上がった。その何かは、高山の薄い空気を吸った瞬間から彼の想像力のなかで形を帯び始めていて、どんな些細なことにでも気を逸らせばその魔法が失われてしまうと知っていたからだ。

彼は部屋に入り、コートも帽子も脱がずに机の前に座った。ノートを開き、アイデアを書き留め始めた。最初はゆっくりととりとめもなく、次第に憑かれたような速度でますます集中力を高めていき、ついには周囲のすべてが消えてしまったかのように思えた。何時間も椅子から立ち上がることなく、背筋にぞくぞくするものを感じつつ書き続け、やがて太陽が地平線に顔を出し、疲れ果てて紙が見えなくなるとようやく布団に潜り込み、靴を履いたまま眠りに落ちた。

目が覚めると自分がどこにいるかわからなかった。唇がひび割れ、耳鳴りがした。まるで一晩中酒を飲んでいたかのように頭痛がした。冷たい空気で目を覚まそうと窓を開け、それから自分のひらめきの成果を見たくてたまらず、机の前に座った。ノートをめくると胃が痛くなった。いったい自分は何をやっていたんだ？　前から後ろに、そして後ろから前に読み直したが、どれもまったく意味をなさない。自分自身の推論を理解できず、ある一歩が次の一歩にどうつながるのかも理解できなかった。最後のページに自分が求めていたのと似た方程式の概略を見つけたが、それ以前のページと見たところ何の関連もない。まるで自分が寝ているあいだに誰かが部屋に入り込んで、彼を苦しめるためだけに、解けない謎のようにそれを置いていったかのようだった。前夜には人生で最も重要な知的陶酔のように感じられたことが、アマチュア物理学者のたわごと、誇大妄想狂の哀れな逸話にしか思えなくなった。こめかみをこすって神経を落ち着かせ、自分のことを笑うデバイとアニーの幻を頭から追い払おうとしたが、彼の心は沈んでいた。ノートを思い切り壁に叩きつけると、ページが背表紙から取れて部屋中に散らばった。つくづく自分が嫌になった彼は、服を着替えて、うつむきながら階下の食堂に向かい、最初に見つけた空席に腰を下ろした。

給仕係を呼んでコーヒーを頼んだとき、重篤患者の食事時間に来てしまったことに気がついた。

正面に座っていた老婦人を見て最初に彼の目に留まったのは、下半分が結核菌に完全に蝕まれた顔の前でティーカップを持つ長い指で、そこには何世紀にもわたる富と特権が刻まれていた。シュレーディンガーは嫌悪感を隠そうとしたが、その女性から目をそらすことができなくなった。リンパ節がブドウの房のように膨らむ、患者の数パーセントが罹患するという奇形に自分の体も冒されるのではと恐怖に襲われたのだ。老婦人を前にした彼の居心地の悪さはテーブル中に伝染し、数秒後には会食者――彼女と同じように醜く体が歪んだ男女――の半数が、まるで教会の通路で糞をしている犬でも見るかのように物理学者を見つめていた。シュレーディンガーが立ち去ろうとしたとき、白いテーブルクロスの下で太ももに誰かの手が触れるのを感じた。卑猥な愛撫ではなかったが、電気ショックにも似た効果があり、彼はすぐに落ち着きを取り戻した。羽を閉じた蝶のように彼の膝の上に指を置いたままの手の持ち主に目を向けると、ヘルヴィッヒ医師の娘だった。シュレーディンガーは彼女を怖がらせてしまうと思ってあえて微笑むことはせず、目くばせでその仕草に感謝を伝えてから、筋肉を動かさないようにしながらコーヒーを飲むことに集中し、いっぽう彼の周りではテーブルからテーブルへと落ち着きが広がり、まるで少女が彼ではなく全員に同時に触れたかのようだった。聞こえるのが皿とナイフやフォークの触れ合う柔らかな音だけになったとき、ヘルヴィッヒ嬢は手を引っ込めた。

彼女は立ち上がり、ワンピースの皺を伸ばして戸口に向かうと、二人の少年に声をかけるためだけに立ち止まった。双子の男の子は彼女の首にしがみつき、ひとりずつキスしてもらうまで離れようとしなかった。シュレーディンガーは二杯目のコーヒーを頼んだが、それを口にすることはできなかった。他の全員が食堂を出ていくまでそこに座っていて、それから受付に行って紙と鉛筆を借りると、ヘルヴィッヒ医師に、お嬢さんを喜んで助けたい、いやそれどころか、そうさせてもらえると本当に嬉しいと伝言を残した。

ヘルヴィッヒ医師はシュレーディンガーの仕事のスケジュールを妨げないよう、物理学者の部屋と扉で続いている娘の部屋で授業を行なってはどうかと提案した。最初の授業の日、シュレーディンガーは午前中いっぱい身だしなみを整えることに費やした。風呂に入り、念入りに髭を剃り、櫛を入れる前はぼさぼさの髪をそのままにしておくつもりだったが、女たちが自分の広く秀でた額に感銘を受けることを知っていたので、髪もきちんと撫でつけるべきであると考えた。軽い昼食をとり、午後四時にドアの向こう側から鍵を差し込む音がして、続いてかろうじて聞こえるほどのノックの音が二回したとたん勃起が始まったので、ドアノブを握ってヘルヴィッヒ嬢の部屋に足を踏み入れる前に腰を下ろして数分待たねばならなかった。

なかに入ったとたん、シュレーディンガーの鼻孔を木材の匂いが満たしたが、壁板の樫材はほとんど見えなかった。というのも部屋の壁は、ピンで留められたりそれぞれの生態環境を模した小さなガラスドームのなかに配置されている何百ものカブトムシ、トンボ、蝶、コオロギ、蜘蛛、ゴキブリや蛍で埋め尽くされていたからだ。ヘルヴィッヒ嬢はその巨大な昆虫館の真ん中で、机の向こうに腰掛けて待っていて、あたかも自分のコレクションに加わる新しい標本であるかのように彼を見つめていた。少女はあまりに威厳があったので、エルヴィンは一瞬、遅刻して気の短い教師の前に立たされた内気な生徒のような気分になった。彼が大仰にお辞儀をすると、少女は思わず微笑んだ。物理学者は彼女の小さな歯と、わずかに隙間のある歯並びを見て、そのとき初めて彼女の本来の姿に気がついた。まだほんの子どもなのだ。シュレーディンガーは食堂での出会いから抱いていた自らの妄想に恥じ入り、椅子を引き寄せると、ただちに入試問題の勉強に取りかかった。少女は頭の回転が速く、エルヴィンは彼女に対する欲望が萎えたようであってもなお、彼女と一緒にいるとこんなにも楽しいことに驚いた。二人は二時間にわたってほとんど無言で問題に取り組み、彼女が最後の問題を解くと次回の授業の時間を決め、少女は彼にお茶を勧めてくれた。シュレーディンガーがお茶を飲むあいだ、少女は、父親が採集し、自分が標本にして保管しているという昆虫を見せた。彼女がこれ以上仕事の邪魔をするのは申し訳ないと仄めかしたとき、シュレーディンガーはすでに日が暮れていることに気がついた。彼は入ってきたときと同じ深々としたお辞儀をしてドアの敷居から暇を乞い、ヘルヴィッヒ嬢も最初のときと同じように微笑み返したにもかかわらず、エルヴィンはすっかり自分が馬鹿になったような気がして部屋に戻った。

疲れ切っていたが眠れなかった。目を閉じて見えるのは、机の前に屈み込み、小鼻に皺を寄せて舌先で唇を湿らせているヘルヴィッヒ嬢の姿だけだった。彼はしぶしぶ起き上がり、前日の朝に床に放り捨てたままのノートを拾いに行った。ばらばらになったページを元の順に並べようとしたが、これがまたひどく手間取った。どの議論がどの結論を導いたか、まるでわからなかった。唯一明らかだったのは最後のページにあった方程式で、それは原子内部の電子の運動を完璧に捉えていたが、それ以前に書いたものとは何のつながりもないように見えた。こんなことが起こるのは初めてだった。自分でも理解できないものをどうやって生み出すというのか？　そんな馬鹿げた話があるか！　彼はばらばらのページの束を破れた表紙で挟み、引き出しにしまって鍵をかけた。しかし負けてなるものかと思ったので、半年前に着手していた論文に取りかかり、そのなかで戦時中に体験した奇妙な音響現象を分析した。大爆発が起きたあと、音波は発生地点から離れるにつれて弱まるが、五十キロほど離れたところで突然また強まり、あたかも空間を進むにつれて時間を遡るかのように、爆発当初より勢いを増して蘇るように思われた。ときには周囲の人々の鼓動の音まで聞こえるシュレーディンガーにとって、一度消えた音が不可解にも蘇るというこの現象は魅力的だったが、どれだけ頑張っても、作業して二十分も経つと、彼の思考はまたヘルヴィッヒ嬢に戻っていた。彼はベッドに戻って睡眠薬を口に放り込んだ。その夜、二つの悪夢を見た。一つ目では、巨大な波が彼の部屋の窓ガラスを破り、天井まで浸水した。二つ目では、シュレーディンガーは海岸からほんの数メートルの荒波に浮かんでいた。彼は疲れ果てて、水面に鼻を出すのもやっとなのだが、そこから出ようとはしなかった。砂浜では、石炭のように真っ黒な肌の美しい女が、夫の死体の上で踊りながら彼を待っていた。

そうした夢にもかかわらず、彼は機嫌よく元気いっぱいで目を覚ました。ヘルヴィッヒ嬢が十一時に自分を待っているのを知っていたからだ。ところが彼女の様子を見て、とても授業に耐えられる状態ではないことに気がついた。顔は青ざめ、目には隈ができていて、実はほぼ徹夜で父を手伝い、アブラムシの雌が何十匹もの幼虫を産むのを観察していたのだと彼女は言った。この過程の素晴らしくも恐ろしいところは――と彼女は言った――幼虫は生後数時間で自分の幼虫を産み始めるということで、この新しく生まれた子どもたちは、母となった幼虫がまだ最初の雌の胎内にいるときからその内に宿っていたのだ。まるで恐ろしいロシア人形のように、三世代が互いに入れ子状になり、過剰へと向かう自然界の傾向を示す超個体を形成している。ある種の鳥たちが自分が養える以上の雛を孵すのと同じだが、その場合、いちばん大きな雛が兄弟を巣から追い出して殺してしまう。ある種のサメの場合はもっとひどい、とヘルヴィッヒ嬢は説明した。子ザメは母ザメの胎内で孵化し、あとから孵化するサメを食い殺すほど歯がじゅうぶんに発達している。このような兄弟殺しから、生後最初の数週間を生き延びるのに必要な栄養分を得るわけだが、この間のサメは脆弱なので、そのまま成長していれば自分の餌となったはずの魚たちの餌食になることもあるのだと。ヘルヴィッヒ嬢は父親の指示に従い、三世代のアブラムシを分けてそれぞれガラス瓶に入れ、殺虫剤をかけた。するとガラスが青く染まり、その美しさに空の本来の色を見ているような印象を覚えたという。虫たちは即死し、彼女は一晩中、青い粉にまみれた虫たちの小さな脚の夢を見ていたので、ほとんど休むことができなかった。授業に集中できるとは思えないけれど、と彼女は言った。シュレーディンガー先生に湖の周りを散歩するのに付き合っていただけないかしら？　冷たい空気に触れたら体力が回復するかもしれないわ。

外は冬景色だった。湖の縁は凍っていて、シュレーディンガーは氷のかけらを拾い、それが手の温かさでゆっくりと溶けていくのを見て楽しんだ。湖の反対の端まで来たとき、ヘルヴィッヒ嬢が彼に、今は何の研究をしているのかと尋ねた。シュレーディンガーは、ハイゼンベルクの説やド・ブロイの論文について話し、療養所での最初の夜に訪れた啓示のような何かと例の奇妙な方程式のことを説明した。一見したところ、それは海の波や空気中の音の拡散を分析する際に物理学が用いる式によく似ていたが、それを原子内部でも機能させ、電子の運動に適応するよう、シュレーディンガーは自分の式にマイナス1の平方根という複素数を含める必要があった。それが実際に意味するのは、彼の方程式が記述する波の一部が、三次元空間の外側にあるということである。その波の頂点と谷は、純粋数学によってのみ記述可能な高度に抽象的な領域で、複数の次元を移動する。いかに美しくとも、シュレーディンガーの波はこの世のものではなかった。この新たな方程式が電子を波であるかのように記述していることは、彼には明らかだった。問題は、いったい何が波打っているかを理解することなのだ！　彼が話しているあいだ、ヘルヴィッヒ嬢は湖のほとりにある木のベンチに腰掛けていた。物理学者が隣に座ると、少女は手にしていた本を開いて、次の一節を声に出して読んだ。「生と死という幻の海の波のように、亡霊がまた次の亡霊へと続く。生の流れのなかでは、物質的および精神的な形態が浮き沈みを繰り返すのみで、その間も現実は不可解なままである。生き物にはそれぞれ未知の隠された無限の知性が眠っているが、それはいつか目覚め、感覚的な精神の薄い網を裂き、肉体のさなぎを破って、時空を征服するよう定められている」。シュレーディンガーは長年自分が取り憑かれていたのと同じ考え方をそこに認め、すると彼女は、前年の冬を療養所で過ごした作家がいて、日本で四十年過ごしたあと仏教徒になった彼から東洋哲学について最初の教えを受けたのだと言った。シュレーディンガーとヘルヴィッヒ嬢は思いもかけずある秘密を共有していることを知って興奮しながら、その午後はずっと、ヒンドゥー教やヴェーダーンタ哲学や大乗仏教について語り合って過ごした。山の麓を照らす稲光が見えたとき、ヘルヴィッヒ嬢が、今すぐ療養所に戻らなければ、きっと嵐がやってくるからと言った。シュレーディンガーは彼女と離れずにいる理由を探そうとした。そのような若い女性に夢中になるのは初めてではなかったが、ヘルヴィッヒ嬢には何か違うもの、彼に心を開かせ、あらゆる自信を奪うものがあって、療養所の入口の階段に着いたとき、彼女が寄りかかれるよう腕を差し出すべきか迷っているうちに、自分が階段の端で滑って足首をくじいてしまった。部屋まで担架に乗せて運んでもらったが、足が腫れ上がっていたので、ベッドに上がるために彼女に靴を脱ぐのを手伝ってもらわねばならなかった。

それからの数日間、ヘルヴィッヒ嬢は看護師と生徒の二役を務めた。彼に食事を運び、朝刊を届け、父が処方した薬を無理やり飲ませ、彼がトイレまで片足で歩くときには肩を貸してやった。シュレーディンガーはそのつかの間の接触を待ちわびるようになり、彼女に近づく口実になるならと、日に三リットルもの水を飲むようになり、そうした不必要な移動がもたらす苦痛もまるで気にしなかった。午後になると二人は授業を続けた。初日は、彼女がベッドの足もとの椅子に腰掛けたが、シュレーディンガーが問題集を見るのに骨が折れたので、結局隣に座ってもらうことになり、間近に座る少女の体温が彼にも感じられるほどだった。シュレーディンガーは彼女に触れたい衝動を抑えきれなかったが、少女が怯えることのないよう、ぴくりとも体を動かさないようにした。もっとも彼女のほうは、こうした馴れ馴れしさを少しも気にしていない様子だった。シュレーディンガーは、彼女が部屋を出ていくやいなや、目を閉じて隣に座っている少女の姿を思い浮かべながら自慰行為に耽ったが、そのあと恐ろしい罪悪感に襲われた。彼女の支えなしではトイレにも行けないので、まるでまだ両親と同居していう思春期の若者のように、ベッドの下に隠したタオルで体を拭いた。そんなことをするたびに、明日にでもヘルヴィッヒ医師に話して授業をやめさせてもらおうと心に誓うのだった。それから妻に電話をかけて迎えに来てもらうのだ、たとえ浮浪者のように道端で咳き込みながら死ぬことになろうとも、二度とこの療養所には足を踏み入れまい。一緒に過ごす時間が長くなるにつれて深まるばかりのこの子どもじみた恋に耐え続けるよりは、何だってましだった。少女が『バガヴァッド・ギーター』の挿絵入り豪華本をくれたとき、彼はヴェーダを学び出して以来自分を苦しめている同じ夢のことを打ち明けてみた。

その悪夢のなかで、巨大な女神カーリーがまるで巨大なカブトムシのように彼の胸の上に座っている。その重みに押しつぶされて彼は身動きができない。女神は人の頭をつなげた首飾りをかけ、何本もある腕で刀や斧やナイフを振り回し、舌先から滴り落ちる血と腫れ上がった胸からほとばしる乳を彼に浴びせ、彼が興奮に耐えきれなくなるまで股間をまさぐり、その瞬間が来ると彼の首を切り落として性器を食らう。ヘルヴィッヒ嬢は顔色ひとつ変えず彼の話に耳を傾け、その夢は悪夢ではなく祝福だと言った。神の女性的側面がとるすべての形態のなかで、カーリーは最も慈悲深い神である、なぜなら自分の子どもたちにモークシャ――解脱――を授けたからだ。女神は彼らに人智を超えた愛を感じた。少女が言うには、彼女の黒い肌は、形態を超越した空虚の象徴であり、あらゆる現象が宿る宇宙の子宮である。いっぽう、髑髏の首飾りは、女神が自己同一化の主たる対象、すなわち肉体から解放した自我である。シュレーディンガーが暗黒の母の手で受けた去勢は、彼が受け取ることのできる最大の贈り物であり、彼の新たな意識が芽生えるために必要な切断なのだ。

何時間もベッドにこもり、気晴らしになるものもなく、シュレーディンガーは例の方程式に関してかなりの進歩を遂げ始めた。完成形に近づくにしたがって、その力と射程が明らかになってきたが、彼にはそれが物理学的に意味するものがますます奇妙かつ解読不能に思えてきた。彼の計算では、電子は原子核の周囲に雲のように広がり、プールの壁に閉じ込められた波のように振動しているように見えた。だがこの波とは実際の現象なのか、それとも電子がある瞬間から別の瞬間までどこにあるかを計算するための単なるトリックなのだろうか？　さらに理解しがたいのは、彼の方程式が各電子に対して単一の波ではなく、膨大な種類の波が重なり合っていることを示しているという事実だった。そのすべてが同じ対象を記述しているのか、それともそれぞれがひとつの可能世界を表わしているのか？　シュレーディンガーは二つ目の可能性を考察した。これらの複数の波は、まったく新しいものを初めて垣間見せることになるだろう。それぞれの波が、電子がある状態から別の状態へと飛び移る際に生まれる宇宙のつかの間のきらめきであり、インドラの網の宝石のように枝分かれして無限を埋め尽くしているのではないか。だがそのようなことは考えられない。いくら頭を働かせても、なぜ当初の意図から大きく逸れてしまったのか彼には理解できなかった。自分は原子内世界を単純化したいと考え、万物に共通する属性を探し求めてきたが、より大きな謎を生み出しただけだった。失望のあまり彼はそれ以上考え続けることができなくなり、足首の痛み以外に考えられることといえば、クリスマスを祝う準備をする父親を手伝うため、この二日間授業を休んでいるヘルヴィッヒ嬢の肉体のことだけだった。

クリスマスイブには療養所の全患者が——病状を問わず——年々ますます趣向を凝らしたものになるパーティーに参加した。祝宴は、ヨーロッパ全土とさらには地中海の向こう側の伝統や、キリストの到来ではなく冬至、北半球では一年のうち夜が最も長くて暗い十二月二十一日が明けて光が戻ってくるのを祝う、時代とともに失われたささやかな異教の儀式を採り入れていた。患者たちの決まりきった日課は中断され、ローマ時代のサトゥルヌス祭のように、患者たちは半裸で廊下を歩き回り、笛を吹いたり、太鼓を叩いたり、鐘を鳴らしたりし、それから衣装を選んで大宴会に参加した。シュレーディンガーはこの祝宴が嫌でたまらず、ヘルヴィッヒ嬢が授業を再開するため部屋に入ってきたときには、この愚か者どものカーニバルが立てる地獄のような騒音で夜通し眠れないとさっそく文句を言った。彼女は物理学者が驚いて見つめる前でイヤリングを外すと、それを口にくわえて、真珠を金具から嚙みちぎった。それをワンピースの裾で拭うと、物理学者の上にかがみ込んで両耳にはめた。片頭痛のときにこうするのだと彼女は説明し、自分のために時間を割いてくれたお礼に受け取ってほしいと主張した。エルヴィンは裸で仮面をつけた彼女の姿を想像しながら、今年のパーティーには参加するのかと尋ねたが、彼女が決して参加しないことは知っていた。彼女はクリスマスが大嫌いだと打ち明けた。療養所で最も多くの人が亡くなる季節で、パーティーの酔いも、ダンスの熱狂も、あれだけ多くの死を忘れさせてはくれないのだと。シュレーディンガーは返事をしようとしたが、彼女はまるで胸を銃で撃たれたかのようにベッドに仰向けに倒れ込んだ。「ここを出たらわたしがまず何をすると思いますか?」と、彼女は顔をほころばせて尋ねた。「酔っ払って、見つけられるかぎりいちばん醜い男と寝てやるわ」。「どうしていちばん醜い男と?」とシュレーディンガーは真珠を耳から外しながら尋ねた。「なぜって、初体験は自分だけのためのものにしたいから」と彼女は首を回して彼の目を見つめながら言った。シュレーディンガーは彼女に、ひょっとして男と付き合ったことがないのかと尋ねた。「男とも、女とも、動物とも、鳥とも、獣とも、神とも悪魔とも付き合ったことなんてない。物質的存在とも霊的存在ともなし、これとも、あれとも、他の何とも」とヘルヴィッヒ嬢は歌うように唱え、まるで生者の世界にゆっくりと戻っていく死体のように少しずつ上半身を起こした。シュレーディンガーはもはや自分を抑えることができず、君はこれまで出会ったなかでいちばん魅力的な女性だ、食堂で触れられて以来、取り憑かれたような気持ちなのだと伝えた。一緒に過ごしたわずかな時間はこの十年で最高の幸せだった、君のことを思うだけでエネルギーで満たされる。チューリヒに帰らねばならないと思うだけで恐ろしくなる、だって君はきっと入試に合格して、すぐに寄宿学校に出発してしまうだろう、そうすれば二度と会えなくなるからだ。ヘルヴィッヒ嬢は彼が話しているあいだも取り乱すことなく、じっと窓を見つめていた。ガラス窓の向こうには、谷底からヴァイスホルンの山頂に向かって伸びる曲がりくねった道を、小さな光の途切れることのない行列が登っていて、巡礼者たちが前に進み、太陽が稜線の向こうに沈むにつれて何千もの松明が明るく輝いた。「子どものころ、暗闇が怖くてたまらなかったの」と彼女がやっと口を開いた。「祖父からもらった燭台の灯りで本を読みながら夜通し起きていて、夜が明け始めるころにようやく眠りにつく。そのころわたしは体がとても弱かったから、父もあえて罰を与えようとはしなかった。解決策として、光は限りある資源だとわたしに言ったの。使いすぎると尽きてしまい、暗闇があらゆるものを支配することになると。いつまでも夜が続くと思うと怖くなって蠟燭は消すことにしたけれど、結局、夜になる前に寝るというもっとおかしな習慣を身につけることになってしまった。夏は日が沈むのが遅いから一日を活用できて苦にはならなかったけれど、冬のあいだは昼食の数時間後にはベッドに入らなければならないから、起きている時間より眠っている時間のほうが長くなった。一年で最悪の夜がこの冬至の日。療養所にいるわずか数人の子どもたちが夜遅くまで遊んだり踊ったり廊下を走り回ったりしているあいだ、わたしは暗闇のなかでどこにあるのかわからなくなったお菓子を集めたり、踏みつけられた部屋の飾りのかけらでリースを作ったりするのに次の日の朝まで待たないといけなかった。恐怖に立ち向かおうと決心したのは九歳のとき。この同じ部屋で、この同じ窓の前で、太陽が地平線に沈むあいだずっと立ち尽くしていた。あまりの速さに、単なる重力を超えた力に引っ張られているように思えて、まるで自分自身の輝きに疲れ果てて永久に自分を消し去ってしまおうとしているみたいだった。布団に潜り込んで泣こうとしたとき、あの道の松明が見えたの。あのころは夢と現実をよく取り違えていたから、わたしの想像だろうと思ったけれど、光が昇っていくにつれてそれを運んでいる人たちのシルエットが見えてきた。巨大な木の人形に火がつけられたとき、その周りで踊っている人たちの姿が見えた。窓を開けると、人々の歌声が山の冷たい空気に乗ってはっきりと聞こえた。わたしは大急ぎで服を着て、あのかがり火のところに連れていってと父に頼んだ。夜にわたしが起きているのを見て驚いた父は、何もかも脇に置いてわたしに付き添ってくれた。わたしたちは手をつないで一緒に歩き、寒かったのにわたしは手に汗をかいていた。それから毎年それを繰り返した。天気も健康状態も関係なく、何度も更新しなければならない契約のように。わたしたちが行かないのは今夜が初めて。もうその必要がないの。あれと同じ火がわたしのなかに灯され、かつてわたしだったものすべてを焼き尽くそうとしているから。もう以前のように物事を感じない。他人とのつながりもないし、大切な思い出も、自分を前へと突き動かす夢もない。父、療養所、この国、山々、風、自分の口から出る言葉、どれも何百万年も前に死んだ女性の夢と同じくらい他人事に思えてくる。あなたが見ているこの体は、目覚めたり、食べたり、成長したり、歩いたり、話したり、微笑んだりするけれど、なかにはもう灰しか残っていない。夜はもう怖くなくなったんです、シュレーディンガー先生。あなたも恐れを捨てるべきよ」。ヘルヴィッヒ嬢はベッドから立ち上がり、自分の部屋に向かって歩いていった。敷居のところで一瞬立ち止まると、まるで突然体の力が抜けてしまったかのようにドアの枠にもたれかかった。シュレーディンガーは行かないでくれと懇願し、立ち上がって追いつこうとしたが、彼が足を踏み出す前に彼女は後ろ手にドアを閉めていた。

シュレーディンガーは真珠を口に含んだ娘のイメージが忘れられず、それを耳にはめたまま夜を明かした。金具を嚙んだときの引きつった唇。口から離したときについたたった唾液のきらめき。自らの告白に恥じ入り、眠れずに自暴自棄になった彼は、真珠を耳から外し、それを手のひらに載せたまま自慰を始めた。射精の瞬間、ヘルヴィッヒ嬢が永久に終わらないかのような咳の発作に苦しんでいるのが聞こえ、彼は自分自身に嫌気がさしながら洗面所まで足を引きずっていった。真珠を何度もすすぎ、水に浸して輝きを取り戻してからまた耳にはめたが、それはもはやパーティーの喧騒からではなく、隣人の絶え間ない咳払いから身を守るためだった。それは一晩中聞こえ、その痛ましいスタッカートが愛する女性の喉から出たものか、はたまた自らの想像の産物なのかわからなくなった。翌朝、目を覚ますと、雨漏りのように規則正しく、聞いていると頭がおかしくなりそうな咳がまだ聞こえていたばかりか、彼自身の体にも染み込んでしまったようだった。息ができなくなるほど咳き込まずには身動きすることもできなかったからだ。

彼は患者の日常に身を委ねた。

プールに浮かび、毛皮にくるまって屋外で眠り、山間の凍てつくような空気とサウナの灼熱で肺を焼いた。背中をオイルでマッサージされ、吸い玉に苦しめられ、他の入所者たちと部屋から部屋へと這い回り、自分の生活のすべてが決まりきった治療の反復と化すのを目の当たりにした者の慰めを感じた。こうしたすべてから彼の感じた唯一現実的な恩恵は、くじいた足首が奇跡的と言ってもいいほどに回復したことだった。すぐに杖に頼らず歩けるようになり、部屋で過ごす時間をできるだけ少なくすることができた。まるで同じベッドで隣り合って寝ているかのように、苦痛を嘆く隣人の呻き声がはっきり聞こえていたので、自由に出歩けるようになって彼はかなりほっとした。夜になると、療養所のプールで監視員をしている娘と寝た。シュレーディンガーも他の患者たちも金と引き換えに彼女と寝ていて、ヘルヴィッヒ医師も見て見ぬふりをしていた。日中、治療に参加する必要がないときは、療養所内を夢遊病者のように歩き回り、ヘルヴィッヒ嬢のことも、方程式のことも、妻のことも考えないようにしながら、果てしなく続く廊下をうろついた。妻はきっと、自分が十代の少女とのことを妄想していたこの数週間、さんざん別の男と寝ていたはずである。回復したらすぐに再開すべき講義について考え、日々の反復の退屈さ、学生たちの虚ろな眼差し、指の間で砕けるチョークの感触について考えていると、突然、自分の将来の人生全体が同時進行する複数の場面であるかのように、あらゆる可能性の道に扇状に分岐するさまが見えた気がした。ある道では、彼とヘルヴィッヒ嬢はそこを抜け出して一緒に暮らし始める。別の道では、彼の健康状態が悪化して、療養所で血へどにまみれて死ぬ。三つ目の道では、彼は妻に捨てられるが、研究では大成功を収める。ただしほとんどの場合、シュレーディンガーはそれまでと同じ道を歩み続け、アニーとの結婚生活を続け、ヨーロッパの知らないどこかの大学で、死が彼を襲うまで教授として働いていた。憂鬱になり、意気消沈した彼は一階に降り、新鮮な空気を吸おうとテラスに出た。外に見えた荒涼たる光景には心の準備ができていなかった。誰かが世界を消し去ってしまったかのようだった。かつて湖があった場所は木々に囲まれ、遠くの山々の輪郭に囲まれていたが、今では広大な経帷子があるばかりで、いかなる景色かも見分けられないほど真っ白で均質な雪の層で覆われていた。道路はすべて封鎖されていた。シュレーディンガーは療養所を出たくても出られなかった。耐えがたいまでの閉塞感と閉所恐怖症を抱えて、彼は屋内へ引き返した。

新年が近づくにつれて彼の健康は悪化していった。高熱を出したときは、散歩を諦めてベッドに戻らざるをえなかった。肌がひりひりして、シーツに触れるのも嫌だった。目を閉じると、食堂のスプーンの音や、遊戯室のチェスの駒が動く音や、厨房の湯沸かし器の音が聞こえてきた。そうした音を遮る代わりにむしろそれらに集中し、ヘルヴィッヒ嬢の呼吸の音、腫れ上がった喉をかろうじて通るが肺を満たすことはできないあのか細い空気の音を消し去ろうとした。エルヴィンは、二人を隔てるドアを壊し、病める少女を抱きしめたいという欲望を抑えねばならなかったにもかかわらず、例の方程式を定式化した論文にタイトルをつける気力すら湧かなかった。彼は論文をそのまま発表し、もしそれに何らかの意味があるなら他の人々に解き明かしてもらうことにした。率直に言って、そんなことはもうどうでもよかった。ヘルヴィッヒ嬢が咳き込むたび、彼は抑えがたい痙攣に襲われた。病気の再発自体が療養所全体に悪影響を及ぼしているようだった。二日間も掃除係が彼の部屋に来ないので、受付に電話して文句を言うと、係の者はみな彼より深刻な案件に忙殺されていると言われた。その日の朝も二人の子どもが死んでいた。エルヴィンが食堂で見た、ヘルヴィッヒ嬢の首に抱きついていたあの双子だった。シュレーディンガーは怒りを爆発させることもできず、道路が通れるようになったらすぐに知らせるようにと言うにとどめた。できるだけ早くそこを立ち去るつもりだった。

翌日は吹雪だった。シュレーディンガーは午前中ずっとベッドで過ごし、雪片が窓の縁に積もっていく様子を眺めているうち、また眠り込んでしまった。ドアを二度ノックする音で目が覚めた。髪は乱れ、パジャマには食べ物の染みがついた状態で物理学者は起き上がったが、ドアを開けたときそこにいた人物の様子ははるかにひどかった。ヘルヴィッヒ医師は、かつてシュレーディンガーが目撃した、マスタードガスで目をやられて塹壕から戻ってくる兵士のような姿だった。所長は彼の部屋の許しがたい乱雑さを詫びた。療養所はまさに危機的状況にあった。医師はすでに受付からシュレーディンガーの退所の意向を聞いていて、ただ娘から言伝てを預かってきたという。出発前に最後の授業をしていただけますか？　医師はまるで何か罪深く許しがたいことでも請うかのように、うつむいたまま頼み込んだ。シュレーディンガーは興奮を隠しきれなかった。迷惑をかけたくはない、厚かましいお願いであることは重々承知していると医師が言うあいだ、シュレーディンガーはよろめきながら服を着替え、何の問題もない、それどころか光栄であると断言した。今すぐでもいい、すぐにやりましょう、髪を整えるのに五分もあればじゅうぶんだ、いやそこまでかからないな、靴さえ見つかれば、いったいどこに靴を置いたんだろう！　彼がそうやって部屋のなかを右往左往するのを、医師は世界で最も大切なものを失った男のような無気力な表情で見つめていたが、エルヴィンはヘルヴィッヒ嬢の状態を見て初めてその態度を理解した。

青白く、骨と皮ばかりになった少女は、奇怪な花びらのように彼女を取り囲む巨大なクッションの山の真ん中に埋もれていた。あまりに痩せこけていたので、シュレーディンガーはひょっとして二人のあいだには違う時間が流れているのではないかと自問したほどだった。人間がたった数日でこれほど大きな変化を遂げることなどありえない。首筋の皮膚が透けて、静脈がくっきりと見えたので、シュレーディンガーは彼女の脈拍が目で計れたかもしれなかった。額には玉のような汗が浮かび、手は熱で震え、体は九歳の子どもほどの大きさに縮んでしまったかのようだった。シュレーディンガーは部屋に足を踏み入れる勇気がなかった。ヘルヴィッヒ医師が後ろで待つなか、戸口に立ち尽くしていると、やがて彼女が目を開き、最初の授業の際に彼を迎えたときのような非難がましい表情で彼を見つめた。娘は父親に彼と二人きりにしてほしいと頼み、シュレーディンガーには座るようにと言った。

エルヴィンは椅子を取りに行こうとしたが、彼女がマットレスの自分の横を叩いて、ベッドのところまで来るよう促した。シュレーディンガーはどこに目を向けるべきかわからなかった。自分が夢に見ていた女性のイメージを、眼前のそれと結びつけることができなかったのだ。ノートを確認してほしいと言われたとき、彼は心の底からほっとした。それは最後の試験問題だった。シュレーディンガーは練習問題に目を通したが、最初のうちその数字が理解できないように思えた。あまりに動揺したため、彼女のために自分が用意した簡単な方程式すら解けなくなっていたのだ。間をもたせようと、ある解答、すなわちただひとつ難易度のやや高い解答にどうやってたどり着いたのか説明を求めた。ヘルヴィッヒ嬢はそれはできないと言った。頭が勝手に解答を示してくれた、そこから遡って計算するのに大変な努力をしなくてはならなかったと。シュレーディンガーは、自分も似たような問題に悩まされていたが、大学に入ってから、教授たちを満足させるためにそういう直観的な数学のやり方を諦めたのだと打ち明けた。今になってようやくまた直観の働くままに任せるようになったが、あまりに遠くに行き過ぎたため、帰り道がわからなくなってしまったのだと。ヘルヴィッヒ嬢は彼に、例の方程式に進展はあったかと尋ねた。シュレーディンガーは立ち上がると、部屋のなかを行ったり来たりし始め、その間、自らの公式の最も奇妙な側面について彼女に語った。

一見すると単純だ、と彼は言った。物理学の体系に応用すれば、その将来の発展の道筋が記述できるようになる。電子のような素粒子に適用すれば、そのあらゆる可能な状態を示してくれる。問題は、シュレーディンガーがギリシア文字のψ《プサイ》で表わし、「波動関数」と命名したその核心部——方程式の核心——にある。人が量子系に関して得たい情報はすべて波動関数にコード化されている。しかし、シュレーディンガーにはそれが何なのかわからなかった。波の形をしているが、それはこの世界の外にある多次元空間を移動するため、現実の物理現象ではありえない。おそらくそれは数学上の産物にすぎないのだろう。ただひとつ間違いないのは、事実上無限大ともいえる力である。少なくとも原理的には、シュレーディンガーはその方程式を宇宙全体に適用することができた。その結果、万物の将来の進化を閉じ込めた波動関数が得られるはずだ。だが、そのようなものが存在するということを他の人々にどう説得すればいいのか？　ψは検知不可能である。いかなる機器にも痕跡を残さず、いかに独創的な装置でも、いかに高度な実験でも捉えることはできない。それは何か新しいもので、その性質は、不穏なほどの正確さでそれが記述する世界の性質とはまるで違っていた。シュレーディンガーはそれが生涯待ち望んでいた発見であることを知っていたが、それをどう人に説明したらいいのかわからなかった。彼はその方程式を既存の公式から導き出したのではない。彼はいかなる既知のものにも依拠しなかった。方程式そのものが原理であり、彼の頭脳はそれを無から引き出したのだ。ヘルヴィッヒ嬢がこの長話についてこれているか確かめようと振り向くと、そこにはすやすやと眠っている彼女の姿があった。

シュレーディンガーには彼女が以前と変わらず美しく見えた。彼女の周りのクッションを脇によけ、顔にかかっていた前髪をはらいのけると、彼女に触れたいという衝動を抑えきれなくなった。彼女の首筋と肩と鎖骨を撫で、ネグリジェの肩ひもを胸のとても小さな膨らみまでなぞると、乳首があると思しき場所の周囲をなぞった。そのまま臍まで指をすべらせ、恥部まで数ミリのところまできて指を止めると、それ以上進む勇気がなく、震えていた。彼は目を閉じて息を殺し、ヘルヴィッヒ嬢の苦しげな呼吸に耳を傾けていたが、ふたたび目を開けたとき、彼女が肩口まで覆っていたシーツをはねのけ、例の悪夢に出てきた女神に変身するのが見えた。それはただれと膿んだ傷に覆われた黒い肌の死体で、微笑む頭蓋骨から舌をべろりと垂らし、両手はヴァギナのしなびた陰唇をぱっくりと広げ、そこには巨大な甲虫が真っ白な陰毛に絡まって脚をばたつかせていた。その幻が見えたのはほんの一瞬で、ヘルヴィッヒ嬢はまたシーツにくるまれ、まるで一度も目を覚まさなかったかのように眠っているように見えたが、シュレーディンガーは恐怖に駆られて逃げ出した。書類をかき集め、支払いもせずに療養所を飛び出すと、吹雪に逆らってトランクを引きずりながら、道路がまだ雪で封鎖されているかどうかもわからぬまま、鉄道の駅を目指した。

四　不確実性の王国

チューリヒに戻ったシュレーディンガーは健康を取り戻したばかりか、急に才能に取り憑かれた男のように見えた。

例の方程式を完璧な力学に発展させ、それをわずか半年で五本の論文にまとめ、そのひとつひとつが前の論文よりさらによい出来だった。エネルギー量子の存在を最初に唱えた人物であるマックス・プランクは彼に宛てて手紙を書き、それらの論文を「長年にわたって自分を苦しめてきたなぞなぞの答えを聞く子どものように嬉しくなって」読んだと伝えた。ポール・ディラックはさらに踏み込んだ。伝説的な数学の才能をもつこのイギリスの奇人の天才は、シュレーディンガーの方程式には、それまで知られていた物理学の事実上すべてと化学の――少なくとも原理的には――すべてが含まれていると述べた。シュレーディンガーは栄光を手にしていた。

新しい波動力学の重要性を誰も否定しようとはしなかったが、ヘルヴィッヒの療養所でのシュレーディンガーと同じ疑問を抱き始めた者はいた。「実に美しい理論だ。人間が発見した最も完璧で、正確で、美しい理論のひとつだ。しかしそこには何かとても奇妙なものがある。まるで我々に『そんなに真面目にとってはいけないよ。僕を使うなら君たちが思っているのとは違う世界を見せるからね』と警告しているかのようだ」と、波動関数が現実について言っているように見えることを疑問視した最初のひとり、ロバート・オッペンハイマーは述べている。シュレーディンガーは自説を発表するためヨーロッパ中を精力的に回り、至るところで喝采を浴び、やがてヴェルナー・ハイゼンベルクと対峙した。

ミュンヘンの講堂で、シュレーディンガーが発表を終える間もなく、この若いライバルが壇上にしゃしゃり出て、彼の計算式を黒板から消し始め、自分のあの恐ろしい行列に置き換えていった。ハイゼンベルクにとって、シュレーディンガーが提起したことは許しがたい後退だった。古典物理学の方法では量子世界を説明することはできない。原子はただのビー玉ではない！　電子は水滴ではないのだ！　シュレーディンガーの方程式は美しく便利かもしれないが、物質のそうしたスケールの根本的な異質性を認識していないという点において本質的な誤りがある。ハイゼンベルクを激怒させたのは、波動関数（というものをいったい誰が理解していたのかはさておき）ではなく原理の問題だった。オーストリアの学者が与えてくれた道具に皆が魅了されていたとしても、それが行き止まりであり、人々を真の理解から遠ざけるだけの袋小路であることを彼は知っていた。なぜなら彼らの誰一人として、ハイゼンベルクがあのヘルゴラント島での試練の最中に成し遂げたこと、すなわち単に計算するだけでなく量子的に思考するということをあえてしようとしないからだ。ハイゼンベルクは聴衆の野次に負けじとますます声を張り上げたが、効果はなかった。いっぽう、シュレーディンガーは完全に平静を保っていた。彼は生まれて初めて自らの能力を完璧にコントロールしていると感じた。自分の研究の疑いようのない価値を確信していたので、ドイツの若造がいくら癇癪を起こしたところで、痛くも痒くもなかった。ハイゼンベルクが聴衆全員の野次を浴びながら主催者に叩き出される寸前、シュレーディンガーは彼にこう声をかけた。たしかにこの世には常識的な比喩では考えられないことが存在する、しかし原子内部の構造についてはこの限りでない。

ハイゼンベルクは打ちひしがれて帰宅したが、負けを認めたわけではなかった。彼は二年間あらゆる種類のセミナーや刊行物でシュレーディンガーの説を攻撃したが、幸運の女神は敵にばかり微笑むように見えた。二人の対決における決定打となったのは、シュレーディンガーが自分の手法とハイゼンベルクのそれが数学的に同等であると証明する論文を発表したことだった。ある問題に適用すると、両者はまったく同じ結果を示した。それらは対象にアプローチする二つの方法にすぎないが、シュレーディンガーのやり方は直観的な理解を可能にするという大きな利点があった。若いハイゼンベルク氏が好んで言ったように、素粒子を見るのに目をくり抜いたりする必要などない。ただ目を閉じて想像すればよい。シュレーディンガーは論文の最後に、まるでハイゼンベルクを目の前であざ笑うかのように、「原子内の理論を論じる際には単一の方法でもじゅうぶんなはずである」と書き加えた。

ハイゼンベルクの行列力学は忘れ去られる運命にあった。ヘルゴラント島での啓示は科学年鑑の追記にも残るまい。日を追うごとに誰かが新しい論文を発表し、彼の行列のおかげで得られた結果を提示するが、そのどれもがシュレーディンガーの優雅な波動言語に翻訳されているようだった。ハイゼンベルク自身が、水素原子のスペクトルを自らの行列では導き出せず、ライバルの理論に頼らざるをえなくなったとき、彼の憎悪は頂点に達した。彼はまるで歯を一本ずつ引き抜かれようとしているかのように食いしばりながらその計算を行なった。

ハイゼンベルクはまだとても若かったが、才能を無駄にするのをやめてドイツで教職に就くよう両親から迫られていた。彼はデンマークに渡り、コペンハーゲン大学のボーア理論物理学研究所の最上階にある小さな屋根裏部屋に間借りし、ニールス・ボーアの助手として働いていた。部屋の屋根が傾斜していたため、動くときは頭を屈めねばならず、彼の父曰く、デンマークの物理学者の「代理人的状況」であることを日々思い知らされる環境だった。

ボーアとハイゼンベルクには多くの共通点があった。弟子と同じく、ボーアも意図的ともいえる難解な議論で知られていて、誰もが彼を尊敬しつつも、彼の考えが物理学というより哲学に近づく傾向があることを多くの人々が指摘していた。ボーアはハイゼンベルクの新説を認めた最初のひとりではあったが、シュレーディンガーの波動論とハイゼンベルクの行列力学の両方を、彼が相補性と呼ぶ新しい原理のもとで統合して考えることを提案したため、助手にとっては耐えざる不満の種でもあった。

ボーアは二つの力学の矛盾を解決しようとする代わりに双方を受け入れた。彼によれば、素粒子の属性はある関係性から生じ、特定の文脈でのみ有効である。それは単一の視点に還元できない。ある種の実験で観測すれば波の特性を示すが、別の実験では粒子として現われる。この二つの視点は互いに排他的かつ対立するが、相補的でもある。どちらも世界の完全な投影ではなく、ひとつのモデルにすぎない。二つを組み合わせることで、自然界についてのより完全な概念が得られる。ハイゼンベルクは相補性を嫌悪した。彼は矛盾する二つの概念体系ではなく、あくまで単一の概念体系を発展させるべきであると信じ込んでいた。そして、これを達成するためなら何だってするつもりでいた。量子力学を理解するための代償が現実の概念そのものの解体であったとしても、彼はその代償をすすんで払うつもりだった。

研究のため部屋にこもって、頭を屈め、背を丸めて行ったり来たりしないときには、明け方までボーアと議論した。二人の論争は数か月続き、次第に激しいものになっていった。ハイゼンベルクが怒鳴りすぎで声が出なくなると、ボーアは、頑固さでは自分に引けをとらず、性格がますます鼻についてきたこの怒りっぽい弟子から距離を置こうと、早めの冬休みを取ることにした。ボーアという好敵手がいなくなって、ハイゼンベルクは自らの内に潜む悪魔と取り残され、たちまち己の最大の敵となった。彼は長々と独白を繰り広げ、そこで二つの人格に分裂し、まずは自分自身の立場で、次にボーアの立場で熱弁をふるい、それが高じて、まるで多重人格障害を患ったかのように、師のあの耐えがたいもったいぶった口調をたちまち完璧に真似できるようになった。自らの直観を裏切って、数字の列と行列は脇に置き、電子を波の束として想像しようとした。原子核の周囲を回転する電子に適用すると、シュレーディンガーの方程式は実際のところ何を記述するだろう？　現実の波ではない、それは間違いない、次元がいくつも余ってしまうのだ。おそらくそれは電子がとりうるあらゆる状態——エネルギー準位、速度、座標——を示しているのだが、同時にあたかも複数の写真を重ね合わせたかのように互いに重なり合ってもいる。いくつかは他よりもピントが合っている。それが電子にとって最も蓋然性の高い状態である。これは確率でできた波ということか？　統計的分布なのか？　フランス人は波動関数を「存在密度」と翻訳した。シュレーディンガーの力学ではそれしか見ることができない。ぼやけたイメージ、亡霊のような曖昧模糊とした存在、この世のものではない何かの痕跡。だが、この視点と彼自身のそれを同時に考慮したらどうだろう？　その答えは興味深いというよりあまりに馬鹿げているように思えた。ある点に限定される粒子であると同時に、時空を超えて広がる波である電子。あまりのパラドックスに眩暈がし、シュレーディンガーの説を覆すことのできない自分に怒りを覚えて、彼は大学を囲む公園に散歩に出かけた。

あまりの寒さに、その時刻に唯一まだ開いていた店に駆け込むまで、彼はもう深夜であることに気づかなかった。そこはコペンハーゲンのボヘミアンが集うバーで、芸術家や詩人や犯罪者や娼婦がカインやハシシを買う場所だった。ハイゼンベルクは毎日その前を通っていたし、同僚の何人もが常連だったが、ピューリタンさながらに禁酒を心がけていたので、なかに入ったことは一度もなかった。ドアを開けた瞬間、人いきれが平手打ちのように彼を襲った。寒くなければ、一目散に部屋に逃げ帰っていただろう。彼は店の奥に向かい、ひとつだけ空いていたテーブルに着いた。ウェイターだと思って黒服の男に手を振ったが、男は注文を取る代わりにテーブルの向かい側に腰を下ろすと、彼に熱っぽい眼差しを向けた。「今夜は何を召し上がります、先生？」と、男は上着の懐から小さな携帯用のボトルを取り出しながら言った。彼は後ろを振り返り、ハイゼンベルクがおずおずと合図しようとしているのが店主から見えないよう座り直した。「奴のことは気にしないでください、先生、ここは誰でも歓迎ですよ、あなたみたいな方でも」と言うと、片目をつぶってボトルをテーブルに置いた。ハイゼンベルクは見知らぬ男にすぐさま嫌悪感を抱いた。少なくとも向こうが十は年上のはずなのに、なぜ改まった話し方をするのだろう？　彼はなおもバーテンダーを呼ぼうと試みたが、酔っ払った巨大な熊のようにテーブルに屈み込んだ見知らぬ男の肩で視界がほぼふさがれてしまった。「信じられないでしょうけどね、先生、ついさっきまで七歳の子どもが先生の今おられる椅子に座ってずっと泣いていたんです。世界一悲しい子どもだった、間違いありません、あの子の泣き声がまだ耳に残っていますよ。そんなところで誰が執筆に集中できますか？　先生はハシシを試したことはありますか？いや、もちろんないですよね。今どき誰にも永遠の時間なんてない。子どもだけです、子どもと酔っ払いだけです、でもあなたみたいな真面目な人は別ですよ、先生、世界を変えようとしている人たちはね。違いますか？」ハイゼンベルクは返事をしなかった。相手にするのはやめようと心を決めて立ち上がろうとしたとき、男の手に何か金属のようなものが光るのが見えた。「急がなくてもいいじゃないですか、先生、夜はまだこれからですよ。さあさあ、どうかくつろいで、一杯おごります。でも先生にはもっと強いのがいいかもしれないな」。男は自分のグラスに残っていたビールにボトルの中身を注ぐと、それをハイゼンベルクに押しつけた。「どうやらお疲れのようですね、先生。もっとご自分を大事にしないと。精神的ダメージの最初の兆候は未来に立ち向かえなくなることだってご存じでしたか？　そのことを考えれば、我々が人生の一時間をコントロールできるというのがいかに信じがたいことであるか気づくはずです。思考をコントロールするというのがいかに難しいかにね！　たとえば、あなたは何かに取り憑かれているようだ。変態野郎が女のあそこの虜になるのと同じで、己の知性に支配されている。あなたは魔法にかけられているんですよ、先生、自分の頭のなかに吸い込まれてしまったんです。さあ、飲んで。二度も言わせるんじゃないよ」。物理学者はのけぞったが、見知らぬ男に肩を摑まれ、グラスを唇の前まで持ち上げられた。助けを求めて周りを見回したが、バー全体が、まるで誰もが経験しなければならなかった儀式を目撃しているかのように、何の驚きもなく自分を見つめていることに気がついた。彼は口を開けてその緑色の液体を一気に飲み干した。男は微笑み、椅子にもたれて、頭の後ろで両手を組んだ。「さあ、これでお互い文明人として話ができますね、先生。信じてください、私はこういうことに詳しいんです。空間と時間が一本の繊維で織り上げられるようにしなければならないし、人はつねに動いていなければなりません。一生同じ場所に留まるだなんて、いったい誰が耐えられますか？　石ならいいかもしれないが、あなたみたいな方には無理ですよ、先生。最近ラジオを聴きましたか？　私はあなたが興味を持ちそうな番組をやっているんです。子ども向けの番組なんですけど、あなたみたいに好奇心旺盛で勇敢な子ども向けでね。番組では私たちの時代に起きたあらゆる大惨事について話すんです。あらゆる悲劇、あらゆる殺戮、あらゆる恐怖。先月ミシシッピの洪水で五百人の死者が出たってご存じでしたか？　水の勢いがあまりに激しくて堤防が決壊し、人々は寝ているあいだに溺れ死んだんです。こういうことは子どもが知るべきではないと考える人もいますが、私が心配しているのはそんなことじゃありません。恐ろしいのは、水に浮かんで膨張した肉片が骨から剝がれ落ちようとしている腐乱死体ではない。違います。本当におぞましいのは、こうしたすべてを私がほとんど瞬時に知ったということです。敬愛するウィリーおじさんと親愛なるクララおばさん、あの糞ったれの年寄りどもがチョコレートの店の屋根によじ登って水から逃れたという知らせが地球の反対側から届いたんです。チョコレートだとさ！　これが黒魔術じゃないというなら、何なのか教えてくれ。何人死んで何人助かったなんてことはどうでもいいんですよ、先生、今日の世界では私たち皆が犠牲者なんです。聡明なあなたのことですから、もうおわかりですよね。初めて電話を受けたときのことは今でも覚えていますよ。私は祖父の家にいたんですが、母が私を置いて休暇を過ごしていたお気に入りのホテルからかけてきたんです。電話の鳴る音を聞いてすぐ私は受話器をつかみ、頭を送話口に押し当て、そこから聞こえる声に身を委ねましたが、あの暴力を鎮めることはできなかった。時間に対する意識や、固い意志、義務感、平衡感覚というものが壊れていくのを目の当たりにして、私はなすすべもなく苦しんだんです！　そして、この素晴らしい地獄は、あなた方のおかげでないとしたらいったい誰のおかげでしょうか？　ねえ先生、教えてください、この狂気の沙汰はいつから始まったんですか？　私たちはいつから世界がわからなくなってしまったんですか？」男は両手で顔をつかむと形が歪むほど皮膚を両側に引っ張り、突如として巨大な体の重みを支えきれなくなったかのようにテーブルの上に突っ伏した。ハイゼンベルクはその隙をついて逃げ出した。

　どこに向かっているかもわからず、盲人のように前に腕を突き出し、霧のなかで迷いながらやみくもに突っ走った。ついに足がつったとき、心臓が破裂しそうになるのを感じながら、巨大な樫の木の根元に倒れ込んだ。公園の奥深くに入り込んでしまったらしく、もはや街灯の光も見えなかった。あの野郎、俺にいったい何を飲ませたんだ？　寒さに震え、舌は乾き、視界はぼやけ、アドレナリンが全身を駆け巡り、泣きたい衝動を抑えるのがやっとだった。ただ屋根裏部屋に戻りたかっただけなのに、吐き気のせいで立ち上がることもできなかった。立とうとすると周囲の景色がぐるぐる回り出し、あまりの速さに木の幹にしがみついて目を閉じねばならないほどだった。

目を開けると、小さな炎の舌が空中に浮かんでいて、蛍の行列が放つ光のように点滅していた。もう寒さは感じず、足が震えることもなかった。まるで夢から覚めたかのように意識ははっきりしていると同時に頭は混乱していた。森は見分けがつかなくなっていた。根は血管のように脈打ち、枝は風もないのに揺れ、大地は彼の足もとで呼吸しているようだったが、何の不安も覚えなかった。とてつもない安らぎを感じ、ハイゼンベルクにはそれが——状況が状況だけに——あまりに異様なことに思えて、その平穏が今にもパニックに変わるのではないかと怖くなった。それを避けるため、彼は光の戯れをじっくりと観察した。光は木の梢から落ちてきたり、地面を埋め尽くす木の葉のあいだで生じたりして、空間全体を覆っていた。ほとんどはすぐに消えてしまったが、なかには小さな軌跡ができるほど長く続くものもあった。ハイゼンベルクの瞳孔が開き、これらの軌跡が連続した線ではなく、個々の点の連なりにすぎないことに気がついた。あたかも小さな光がある場所から別の場所に、そのあいだの空間を通過せずに、瞬時に飛び移ったかのようだった。彼は幻覚にうっとりしながら、自分の心が観察対象と融合するのを感じた。軌跡をなす点はそれぞれ理由もなく出現し、完全な軌跡は、点と点を結びつける彼自身の頭のなかにのみ存在していた。ハイゼンベルクはそのひとつに注意を向けたが、目を凝らせば凝らすほど、ますますぼやけていくばかりだった。地面に這いつくばって、まるで蝶を追いかける幼児のように笑いながら両手で小さな光をつかまえようとしたが、ようやくつかまえかけたとき、自分が影の軍団に取り囲まれていることに気がついた。

つり上がった目の無数の男女が、煤と灰にまみれた体で彼に触れようと腕を伸ばしていた。見えない網の糸に捕えられたミツバチの群れのようにぶんぶんと唸りながら、彼の周りに群がって前に進めずにいた。ハイゼンベルクは網を破って這い寄ってきた赤ん坊の手を取ろうとしたが、爆発で人影は砕け散り、彼はその場にひざまずき、落ち葉のなかを探って何らかの痕跡を、あの亡霊たちの名残を探そうとした。見つかったのは、唯一生き延びた極小の光だけだった。彼はその光を細心の注意を払って拾い上げ、胸に抱くと、髪を逆立て上着のひだをはためかせる強風に逆らって、何があってもこの光を消すまいと心に誓いながら帰途についた。公園の出口を見つけ、大学の建物を目指した。自分の部屋の窓が見えたとき、何か巨大なものにあとをつけられている気がした。肩越しに振り返ると、すべてを覆い隠す黒い人影が見えた。彼は恐怖のあまり駆け出したが、転びそうになったとき、追手だと思ったのは、手に持っていた光によって背後にできた自身の影であることに気がついた。彼は振り返って自らの亡霊と向き合い、腕を伸ばしてこぶしを開いた。光と影は同時に消えた。

ボーアが休暇から戻ると、ハイゼンベルクは彼に、この世界について知りうることには絶対的な限界があると言った。

上司が大学の門をくぐるやいなや、ハイゼンベルクは彼の肘をつかみ、荷物を置いたりコートの雪を払ったりする時間も与えず公園に連れ出した。自分のアイデアをシュレーディンガーのそれと組み合わせることで——ボーアのトランクを引きずり、相手の文句を無視して木々のあいだを進みながらハイゼンベルクは言った——量子物体には明確な同一性があるのではなく、それらは可能性の空間に存在することが理解できた。電子は、とハイゼンベルクは説明した。一か所ではなくいくつもの場所に存在し、速度もひとつではなくさまざまである。波動関数はこれらすべての可能性を重ね合わせて示している。ハイゼンベルクは波と粒子のあいだのあの忌まわしい議論を忘れ去り、ふたたび数字に着目することで自らの道を見出そうとしていた。シュレーディンガーの計算と自分のそれを分析したところ、量子物体のある属性――座標や運動量など――は対になる形で存在し、実に奇妙な関係性に従うことを発見した。一方のアイデンティティがより正確にわかればわかるほど、もう一方はますます不確実になる。たとえば電子が、一か所に確実に位置し、ピンで留められた虫のようにその軌道上に固定されている場合、その速度はまったくもって不確実になる。静止している可能性もあれば光速で動いている可能性もあるが、それを知る術はない。逆もまた同じなのだ！　電子の運動量が正確にわかれば、その位置は不確定となり、人の手のひらにあるかもしれないし、宇宙の反対側にあるかもしれない。これら二つの変数は数学的に補完し合い、一方を固定すれば他方が緩むというわけである。

ハイゼンベルクは立ち止まって息を整えた。休みなく話し続け、しかも雪道で苦労してトランクを引きずっていたので汗だくになっていた。自分の考えにのめり込んでいたせいで、ボーアが数メートル後ろで足を止め、極度に集中した状態で地面をにらんでいるのに気づかなかった。ハイゼンベルクには、アイデアを核心まで研ぎ澄ますことのできる師の頭脳のメカニズムが立てるカチカチという音が聞こえてきそうだった。彼が近寄ると、ボーアは、これらの対の関係はその二つの変数にのみ影響するのかと尋ね、ハイゼンベルクはまだ息を切らしたまま、違うと答えた。それらは、電子がひとつの状態にある時間や、その状態で有するエネルギーなど、量子のさまざまな側面を支配しているのだと。ボーアはこれらの関係があらゆるスケールの物質で起こるのか、それとも原子内部のみの話なのかを知りたがった。ハイゼンベルクは、電子についても自分たち二人についても同様に起こっていることは確実だが、肉眼で見える物体への影響は知覚できないのに対し、素粒子の場合、その影響は巨大であると断言した。

ハイゼンベルクが新しいアイデアの計算を展開した紙を取り出すと、ボーアは雪のなかに座ってそれを読んだ。ハイゼンベルクには永遠にも思えるほどのあいだ、ボーアは無言で計算を検証していたが、それが終わると、立ち上がるのに手を貸してくれと言った。二人は寒さを凌ぐためにふたたび歩き出した。ボーアは、これはすべて実験上の限界で、未来の世代が高度なテクノロジーで克服できるものなのかを知りたがった。ハイゼンベルクはそれを否定した。これは物質を構成するもの、ものがいかに構築されたかを司る原則なのであって、諸々の現象が完全に定義された特定の属性をもつことを禁じているように思われる。彼の当初の直観は正しかった。量子物体を「見る」ことは、それが単一のアイデンティティをもたないという単純な理由から不可能である。その属性のひとつを照らすことは、もうひとつの属性を見えなくすることを意味する。量子系を最もよく説明するのはイメージでも隠喩でもなく、単に一連の数字なのだと。

二人は公園を出て市街地の通りに入りながら、ハイゼンベルクの発見の帰結を議論した。ボーアはすでに、それを真に新しい物理学を構築するための礎石であるとみなしていた。哲学の言葉で言えば決定論の終焉だ、とボーアは弟子の腕をとって言った。ハイゼンベルクの不確定性原理は、ニュートン物理学が約束した時計仕掛けの宇宙を信じていたすべての人々の希望を打ち砕いた。決定論者によれば、物質を支配する法則を見つけさえすれば、最も古い過去を知り、最も遠い未来を予見することができる。起こることすべてが以前の状態の直接的な結果であるなら、現在を見つめ、方程式を実行しさえすれば、神のような知識が得られる。ハイゼンベルクの発見に照らせば、こうしたすべては絵に描いた餅となる。我々の手が届かないものは未来ではない。過去でもない。それは現在なのだ。ちっぽけな粒子ひとつの状態すら完全には把握できない。基礎をどれだけ突き詰めても、曖昧模糊として不確かなものが必ず残る。まるで現実が、我々に片目ずつなら世界を鮮明に見せてくれるのに、両目では決して見せてくれないかのように。

興奮に酔ったハイゼンベルクは、今しがた公園内を通った道筋が、啓示を受けた夜にたどった道とほぼ完全に逆であることに気がついた。そのことをボーアに伝えると、デンマーク人はそれをすぐさま自分たちの話していたことに結びつけた。電子がどこにあり、どう動くかといった基本的なことを同時に知ることができなければ、電子がある点から別の点までたどる正確な経路を予知することもできず、考えられる経路が複数あるとしか言えないはずだ。それこそがシュレーディンガー方程式の巧みなところで、粒子の無限の運命、そのあらゆる状態、あらゆる軌道を、波動関数という単一のプロットにどうにか織り込み、それらをすべて重ね合わせて示すことができた。粒子が空間を横切る方法はいくつもあるが、粒子はひとつしか選ばない。どうやって選ぶのか？　まったくの偶然によるのだ。ハイゼンベルクにとって、もはや原子内部のどんな現象も絶対的な確信をもって語ることは不可能だった。かつてはあらゆる結果に原因があったが、いまやさまざまな可能性が存在する。物理学は、シュレーディンガーやアインシュタインが待ち望んだような、世界の糸を引く理性的な神によって統治される堅固かつ明白な現実ではなく、何本もの腕で偶然をもてあそぶ女神の気まぐれから生まれた驚異と不思議の領域を、物事の最も深い基層に見出したのである。

ハイゼンベルクが逃げ出したバーの正面を通りかかったとき、これほどの発見はビールを飲むにふさわしいとボーアが言った。店主は店を開けたばかりで、店内には誰もいなかったが、ハイゼンベルクはそこに入ると考えただけで胃が痛くなった。彼は、コーヒーと何か温かいものでもどうですかと提案した。デンマーク人は、祝いの席にコーヒーはないだろうと言って弟子を店に押し込んだ。

二人は、ハイゼンベルクがあの夜座っていたのと同じテーブルについた。ボーアはビールを二杯注文し、二人はそれをゆっくりとすすり、さらに二杯頼んで、今度は一気に飲み干した。三杯目を飲みながら、ハイゼンベルクはそこで起きたことをすべてボーアに打ち明けた。見知らぬ男に薬を飲まされたこと、そのときの恐怖、テーブルに置かれたボトル、その見知らぬ男の熊のような手、そして男が手にしたナイフの刃のきらめきについて語り、緑色の液体の苦味、男から聞かされた話、そいつが感情を抑えきれなくなって爆発したこと、自分は臆病にも逃げ出したことを説明し、外の寒さ、幻覚の美しさ、木々の脈打つ根、蛍の乱舞、両手に閉じ込めた小さな光、大学まで追いかけてきた巨大な影のことを話した。こうしたことすべてに加えて、その後の数週間の自分の生活や、この先起こると感じたこと、頭のなかで解き放たれた思考の嵐、あの夜以来取り憑かれている抑えがたい興奮について語ったが、自分でも説明がつかず、ボーアに対しても説明できそうもなかった何らかの奇妙な理由から――彼がそれを理解するのは数十年後のことだった――足もとの赤ん坊の死体や、まるで何かを警告しようとするかのように森のなかで彼を取り囲んでいた何千もの人影が、あの目の眩むような閃光によって一瞬のうちに黒焦げになったことについては打ち明けることができなかった。

五　神とさいころ

一九二七年十月二十四日月曜日の朝、ブリュッセルの灰色の空の下、二十九人の物理学者たちが、その五日後に自分たちが科学の基盤を揺るがすことになるとも知らずに、霜の降りたレオポルド公園の芝生を横切り、生理学研究所の講堂のひとつに入っていった。

この研究所は実業家のエルネスト・ソルベーによって創設され、「生命現象は、この世界の事実を観察し客観的に研究することを通じて知りうる、宇宙を司る物理法則によって説明でき、また説明されるべきである」ことを可能なかぎり示すことを明確な目標としていた。大御所も若い革命家たちも、当時最も権威ある科学会議、第五回ソルベー会議に参加すべくヨーロッパ中から集まった。これほど多くの天才が一堂に会したことは後にも先にもない。そのうち十七人がノーベル賞受賞者もしくはいずれ受賞することになる人物で、そのなかにポール・ディラック、ヴォルフガング・パウリ、そしてマリー・キュリーがいた。キュリーはすでに二回受賞していて、ヘンドリック・ローレンツとアルベルト・アインシュタインとともに会議の実行委員会を率いていた。

会議の主題は「電子と光子」だったが、その真の目的が量子力学を分析することであり、物理学が拠って立つ理論体系の堅固さに疑問を投げかけるものであることは誰もが知っていた。

初日は全参加者が発言した。アインシュタイン以外は全員。

二日目の午前は、ルイ・ド・ブロイが「パイロット波」という新しい理論を発表し、サーファーのごとく波頭に乗って進むかのような電子の動きを説明した。彼はシュレーディンガーからもコペンハーゲンの物理学者たちからも容赦なく攻撃された。ド・ブロイは自説を擁護することができず、アインシュタインを見つめたが、アインシュタインは沈黙を保ったので、内気な公子は会議の残りの時間、二度と口を開かなかった。

三日目、量子力学の二つの解釈が対決した。

シュレーディンガーは自信満々で自らの波動論を擁護した。彼は波動関数が電子の振る舞いを完璧に記述すると説明したが、そのうちの二つを表わすには少なくとも六つの次元が必要であることを認めざるをえなかった。シュレーディンガーは、波が単なる確率分布ではなく、現実のものであると確信していたが、他の人々を説得することはできなかった。発表の最後に、ハイゼンベルクが嬉しそうにこう言ってとどめを刺した。「シュレーディンガー氏は、我々の知識が深まれば、ご自身の多次元理論がもたらす結果を三次元で説明し、理解することができるようになると信じておられる。氏の計算にそのような願望を正当化するものは何もありません」。

午後はハイゼンベルクとボーアが、のちに「コペンハーゲン解釈」として知られるようになる量子力学の考え方を披露した。

現実とは、と彼らは出席者に語りかけた。観測という行為を離れて存在するものではない。量子物体に固有の属性はない。電子は測定されるまでは決まった場所にあるわけではなく、測定された瞬間に初めて現われる。測定前には属性はなく、観測する前はそれについて考えることすらできない。特定の測定装置によって検知されて初めて、特定の形で存在する。ある測定と次の測定のあいだにそれがどう動くか、それが何であるか、どこにあるかを問うことに意味はない。仏教における月のように、粒子は存在しない。測定という行為によって、それは現実の物体となるのである。

彼らが提起した断絶は残酷だった。物理学はもはや現実そのものではなく、現実について何が言えるかを気にかけるべきである。原子や素粒子は日常で体験する対象と同じ存在ではない。それらは可能性の世界に住んでいる、とハイゼンベルクは説明した。それらはものではなく可能性なのだ。その「可能性」から「現実」への移行は、観測または測定という行為の最中にのみ起こる。したがって、自立した形で存在する量子現実などは存在しない。電子は波として測定されればそのように現われ、粒子として測定されれば別の形をとる。

それから彼らはさらに一歩踏み込んだ。

こうした限界はいずれも理論的なものではない。モデルの欠陥でもなければ、実験上の限界でも技術的問題でもない。科学が研究できる「現実世界」がそこになかったというだけの話である。「現代の科学について語るとき」とハイゼンベルクは説明した。「我々は自然との関係について、客観的で自立した観察者としてではなく、人間と世界のあいだのゲームの当事者として話している。科学はもはや同じ方法で現実と向き合うことはできない。世界を分析し、説明し、分類する手法はそれ自体の限界に気づいてしまった。その限界は、研究者の介入によって調査対象そのものが変化してしまうという事実から生じる。科学が世界を照らす光は、現実に対する我々自身の見方を変えるばかりか、その基本単位の振る舞いをも変えてしまう」。科学的手法とその対象は、もはや切り離すことはできないのだ。

コペンハーゲン解釈の提唱者たちは、有無を言わせぬ評決で発表を締めくくった。「量子力学とは、その物理的および数学的前提にもはやいかなる修正の余地もない閉じた理論であると我々は考えている」。

これにはアインシュタインも我慢の限界だった。

彼のように因習打破で知られた物理学者ですら、かくも急進的な変化は受け入れようとしなかった。物理学が客観的な世界について語るのをやめるというのは、単なる視点の変化どころの話ではなく、まさに科学の魂への裏切りだった。アインシュタインにとって、物理学とは確率だけでなく原因と結果を語るべきものだった。彼は世界の事実が常識に反した論理に従っていると信じることを拒否した。偶然を崇め、自然法則の概念を放棄することはできなかった。もっと深い何かがあるはずだった。まだ知られていない何かが。コペンハーゲン解釈の霧を晴らし、原子内世界の偶然に支配されているかのような振る舞いの根底にある秩序を明かす、隠れた変数が。彼はこのことを確信し、それに続く三日間、コペンハーゲン学派の推論の基礎となっているハイゼンベルクの不確定性原理に反すると思われる仮想状況を次々に提起した。

毎朝、朝食時に(そして公式の議論と並行して)アインシュタインは謎かけを行ない、毎晩ボーアが解答を携えてやってきた。両者の決闘は会議を支配し、物理学者たちを二つの相容れない陣営に分けたが、最終日にアインシュタインは降伏せざるをえなくなった。ボーアの推論には何の矛盾も見出せなかった。彼はしぶしぶ負けを認め、量子力学に対する憎しみのすべてを、その後何年にもわたって何度も繰り返すことになる台詞に込めると、立ち去る前にボーアに向かって文字どおり吐きかけた。

「神は宇宙を相手にさいころを振ったりはしない！」

エピローグ

アインシュタインはド・ブロイとともにブリュッセルからパリに戻った。列車を降りるときに公子を抱きしめ、落ち込むことはない、君のアイデアを発展させるように、君は間違いなく正しい道を歩んでいると声をかけた。しかしド・ブロイは、その五日間で何かを失ってしまった。物質波に関する博士論文で一九二九年にノーベル賞を受賞したが、ハイゼンベルクとボーアの理論に屈し、それからの科学者人生を一介の大学教授として過ごし、慎み深さというある種のヴェール、自分と世界を隔てる障壁となり、あの愛する姉ですら持ち上げられなかったものによって、孤高の存在となった。

アインシュタインは量子力学最大の敵となった。あらゆる科学のなかで最も厳密な分野に忍び込んだ偶然を追放するために、自らの相対性理論と量子力学を統合する隠れた秩序を求め、客観的な世界に戻る方法を見つけようと数えきれないほどの試みを行なった。「この量子力学の理論は、過度に知的な偏執狂の妄想体系を彷彿とさせる。これはまさに支離滅裂な思考のごた混ぜだ」と友人に宛てた手紙で述べている。彼は一大統合理論を見つけようと奮闘したが、それを達成することなくこの世を去った。アインシュタインはあらゆる人から尊敬されていたが、彼を完全に疎んじるようになった若い世代は、数十年前のソルベー会議で神のさいころに関する彼の苦言に対してボーアが返したあの言葉を金言として受け入れたらしかった。「世界をどう動かすかを神に指図するのは我々の立場ではない」。

シュレーディンガーもまた量子力学を憎むようになった。彼は手の込んだ思考実験を考案し、その結果、一見不可能に思われる生き物、すなわち生きていると同時に死んでいる猫を生み出した。彼の意図は、そのような思考の不条理さを実証することにあった。コペンハーゲン学派の支持者たちは、シュレーディンガーの言うことはまったく正しいと言った。結果は不条理であるだけでなく、逆説的でもある。しかしそれは真実なのだ。シュレーディンガーの猫は、あらゆる素粒子がそうであるように（少なくとも測定されるまでは）生きていながら死んでいる。そうしてこのオーストリア人の名前は、彼自身が創造に貢献したアイデアを否定しようとしながら失敗に終わったこの試みと永遠に結びつけられることになった。シュレーディンガーは生物学、遺伝学、熱力学、一般相対性理論などに貢献したが、二度と戻ることのなかったあのヘルヴィッヒの別荘での滞在に続く半年間の成果に匹敵するものをふたたび生み出すことはなかった。

一九六一年一月、ウィーンで最後の結核の発作に襲われ、七十三歳で死去するまで、彼の名声が衰えることはなかった。

シュレーディンガーの方程式は現代物理学の礎石であり続けているが、百年間、誰も波動関数の謎を解き明かせていない。

ハイゼンベルクはドイツ史上最年少の二十五歳でライプツィヒ大学の教授に任命された。一九三二年に量子力学の創始に対してノーベル賞を授与され、一九三九年にナチ政府から核爆弾製造の実現可能性を調査するよう命じられた。二年後、その種の兵器は、少なくともこの戦時中においてはドイツ、あるいは敵国が手にすることはないと結論づけ、広島上空での核爆発のニュースはほとんど信じることができなかった。

ハイゼンベルクは残りの生涯を通じて刺激的なアイデアを発展させ続け、二十世紀で最も重要な物理学者のひとりとみなされている。

彼の不確定性原理は、これまで挑戦を受けたあらゆる検証に耐えている。

エピローグ　夜の庭師

一

それは木から木に広がる植物の疫病だ。容赦なく、音もたてず、目にも見えず、世界の目から隠された、隠れた腐敗。地中の最も暗い奥底から湧いてきたのか？　ちっぽけな生き物によって地表に運ばれたのか？　ひょっとして菌類か？　いや、それは胞子より素早く移動し、木の根の内部で育ち、木材の芯に巣食う。古代の這って進む悪魔。殺せ。火で殺せ。燃やして、燃え上がるのを見届けろ、時の試練に耐え、無数の昆虫に幹をかじられた末に感染したブナの木、モミの木、巨大な樫の木をすべて犠牲にしろ。どれも死にかけている。病み、瀕死の姿で、立ったままもがき苦しんでいる。燃やしてやれ、炎が空を舐めるのを見届けろ。でないとその悪が世界を呑み込み、死を糧にして、灰色になった緑を食い尽くしてしまう。ほら、静かに。耳を澄ませろ。そいつが育つ音を聞け。

二

彼と知り合ったのは、山のなかにある、夏の数か月を除いていつも人けのない小さな村だった。夜、犬と散歩していると、彼が庭で穴を掘っているのが見えた。犬は敷地を囲む茂みの下をくぐり抜け、暗闇のなか、月明かりで小さく白々と照らされた彼のほうに向かって走っていった。男は屈んで犬の頭を撫で、片膝をつくと、仰向けになった犬のお腹をくすぐった。僕が詫びると、大丈夫、動物は大好きだと言った。僕は、こんな夜中に庭仕事をしているのかと尋ねた。そうだ、夜がいちばんいい時間なんだ、と彼は言った。植物は眠っていて感覚が鈍っている、麻酔で夢を見ている患者みたいに、植え替えてもあまり痛みを感じない。我々は植物に対してもっと警戒心をもつべきだ、と彼は言った。子どものころ、彼がいつも恐れていた樫の木があった。祖母がその枝で首を吊ったのだ。あのころは、と彼は言った。健康で丈夫で生き生きとした木だったのに、六十年ほど経った今では、巨大な幹も寄生虫にやられて内側から腐っている。家の屋根に覆いかぶさるように立っていて、冬の嵐で倒れでもしたら家が破壊されかねないから、自分としてもすぐに切り倒すべきなのはわかっている。それでも斧をとってその巨木を切り倒す勇気が出ない。というのも、その木は、村の創設者たちが家を建てるために切り開いたかつての森、暗く美しく人を寄せつけない広大な原生林の、わずかに残ったうちの一本だからだ。彼はその木を指さしたが、暗闇のなかでは巨大な影しか見えなかった。半分枯れて腐ってはいるが、と彼は言った。まだ伸びているんだ。なかには蝙蝠の巣があって、いちばん高い枝のあいだに生えている雌雄同株の植物の真っ赤な花の蜜をハチドリが吸いに来る、と彼は教えてくれた。それはトリステリクス・コリンボススという学名の寄生植物で、一般にはキントラル、クトレ、ニィペなどの名で知られ、彼の祖母は、その植物が芽を出し、いっそう鮮やかな花を咲かせ、木の幹から奪った樹液を養分にして蜜をつくり、鳥や虫の大軍を酔わせるのを見るためだけに毎年切り落としていたという。祖母がなぜ自殺したか自分はいまだに知らない。自殺したとは聞かされていなくて、それは家族の秘密だった。私はまだ五歳か六歳の子どもだったが、その後、何十年も経って娘が生まれたとき、かつての乳母《ナナ》から、母が仕事で家にいないあいだ私の世話をしてくれた女性からこう聞かされた。あんたのおばあさんは真夜中にその枝で首をくくったんだよ。怖かった、ぞっとしたよ、警察が来るまでおばあさんを下ろさせてもらえなくてね、少なくともそう言われたんだ、「下ろすな、そのままにしておけ」って、でもあんたのお父さんがおばあさんのことをそんなふうにぶら下がったままにしてはおけなくて、木に登って、もっと高いところまで登って——おばあさんがどうやってそんな高いところまで登れたかは誰にもわからなかった——首から縄を外したんだ。おばあさんはまるで生きていたときの二倍も三倍も重くなったかのように、枝のあいだからドスンと音をたてて地面に落ちた。あんたのお父さんは斧で木の幹を切り始めたんだけれど、おじいさんがそれを止めたんだ。おばあさんはその木をずっと好きだったからと言ってね。その木が育つのを見守り、世話をし、肥料をやり、水をやり、剪定し、病気や害虫、幹についた菌やら染みやら、どんな些細なことにも過剰なまでに気を配ってきたと。そんなわけで、この木はそこに残っているんだ、と彼は僕に言った。そしてこれからもそこに残るだろうが、いずれ遅かれ早かれ切らねばならなくなるだろう。すぐにでも。

三

翌朝、七歳の娘を連れて森に散歩に行くと、二匹の犬の死骸を見つけた。毒を盛られていた。そんなのは見たことがなかった。絶え間なく車が行き来する幹線道路で轢き殺された子犬の死骸や、犬の群れに襲われて自分のはらわたにくるまれた猫を見たことはあるし、僕自身、バーベキューの残り火の前で仔羊を磔にしたガウチョたちの目の前で、その喉の奥深くまでナイフを突き刺して殺したこともあるけれど、それらの死がどれもいかに忌まわしいものであっても、毒の効果の前では色褪せて見えた。一匹目の犬はジャーマン・シェパードで、森の小道の真ん中で倒れていた。口を開け、歯茎はどす黒く腫れ上がり、通常の五倍に膨らんだ舌が垂れ下がり、全身の血管が浮き出ていた。おそるおそる近づき、娘にはついてくるなと言ったが、娘は我慢できずに僕の背中にしがみつき、上着のひだに小さな顔を埋めながら覗いていた。犬の足は硬直して天を向き、胃はガスで膨張して、妊婦のように腹部の皮膚が伸びていた。死骸全体が今にも破裂して僕たちにはらわたを撒き散らしそうに思えたが、何よりぞっとしたのは、犬の顔を完全に歪めていた想像を絶するほどの苦痛の表情だった。断末魔の苦しみがあまりにすさまじく、死んでもなお吠え続けているように見えた。二匹目の犬はそこから二十メートルほど離れた道の脇で、藪に半ば埋もれていた。ビーグルとブラッドハウンドの雑種で、頭は黒で胴体は白かった。シェパードを殺したのと同じ物質で死んだことは明らかだったが、毒による変形はまったく被っていなかった。瞼にまとわりつく蠅さえいなければ、ただ眠っているだけだと勘違いしたかもしれない。僕たちは一匹目の犬は知らなかったが、二匹目とは友達だった。娘はまだ四歳のころからその犬と遊んでいた。犬は僕たちの散歩についてきたり、我が家のドアをひっかいて食べ物の残りをねだることもあった。娘はその犬を「ぶち」と呼んでいて、死骸がその「ぶち」だとわかってもすぐには泣かなかったが、森の小道を抜けて空き地に出たとき、僕の腕のなかにくずおれた。僕はぎゅっと娘を抱きしめた。うちの犬——僕が今まで会ったなかでいちばん優しくて人懐こくて可愛い犬——を思うと怖くなる、と娘は言った。僕も同じだった。なぜ？　と娘は尋ねた。なぜ毒を盛られたの？　僕は、わからないけれど、きっと間違って口にしてしまったんだろうと言った。殺鼠剤、カタツムリやナメクジ用の毒、人が庭で使用する致死性の化学薬品がたくさんある、この村にはきれいな庭が多いからね。おそらく犬たちは気づかずに毒物を口にしたか、人間がプラスチック管に入れて家の端に置いておいた毒入りの小さな角型の蠟をかじって動きの鈍くなった瀕死の鼠を捕まえてしまったんだろう。こういうことが毎年のように起きているとは言わなかった。年に一、二度、犬が死ぬ。ときには一匹、ときには何匹も、夏の初めと秋の終わりに必ず犬の死骸が現われる。年中ここに住んでいる人たちは、犯人が自分たちの誰か、つまり村の住人であると知っているが、誰かはわからない。その彼または彼女がシアン化物を撒くと、僕たちは数週間にわたってあちこちの道で死骸に遭遇する。死骸はたいてい雑種や子犬だった。近郊に住む多くの人たちが邪魔になった犬を捨てに山に登ってくるからだが、僕たちの飼い犬が死ぬこともある。過去に脅迫してきたことのある容疑者が二人いる。隣人のひとりで僕と同じ通りに住んでいる男が、僕の友人に向かって、うちの犬は鎖でつないでおくべきだと言ったことがある。毎年夏になると誰かが犬に毒を盛っていることを知らないのかい？　その男はうちの三軒隣に住んでいるが、話をしたことはなく、車の前で煙草を吸っているのを何度か見たことがあるだけだ。男は僕に挨拶するし、こっちも挨拶するが、話をすることはない。

四

　庭の草木がなかなか育たないのにはがっかりだ。山の冬は厳しく、春と夏は短くとても乾燥している。うちの庭は瓦礫の山の上にあるので土が痩せている。前の所有者、すなわちこの山小屋を建てて僕に売った人がゴミや廃材を使って土地をならさねばならなかったため、花や木を植えようと地面を掘るたびに、瓶のふたやコンクリート片やケーブルや切断されたプラスチックの破片が見つかる。使える化学肥料や堆肥はいろいろあるが、大きくならなくても、今のままの木が気に入っている。彼らの根には行き場がない。僕がゴミの上にかろうじて盛った薄い土の下は石灰と粘土の層なので、根の大半は発育不全のままで、風変わりな盆栽のような美しさがあるが、いずれにしても貧相ではある。夜の庭師が語ったところによると、現代の窒素肥料を発明した科学者――フリッツ・ハーバーという名のドイツの化学者――は、第一次世界大戦の塹壕戦に投入された大量破壊兵器である塩素ガスを初めて生成した人物であるという。その緑色のガスによって何千もの人々が命を落とし、無数の兵士たちが、肺のなかでガスが泡立つあいだ、自らの痰と吐瀉物に溺れながら喉をかきむしったが、いっぽうで、彼が大気中に含まれる窒素を抽出して作り出した肥料は何億もの人々を飢餓から救い、今日の人口爆発を促すことになった。今では窒素など腐るほどあるが、過去数世紀には、蝙蝠や鳥の糞をめぐる熾烈な競争があり、エジプトのファラオたちの墓は、金や宝石ではなく、ミイラや一緒に埋葬された何千人もの奴隷の骨に隠された窒素を狙った盗賊たちによって荒らされたのだ。夜の庭師によると、かつてマプーチェの人々は敵の死体の骨を粉々にし、その粉を肥料として畑に撒いていたそうで、作業はつねに木々が深い眠りについている真夜中に行なわれたという。マプーチェの人々は、ある種の木——肉桂とアラウカリア（チリマツ）——は戦士の魂を覗き見ることができ、その最も深いところにある秘密を盗み出して、森の木の根を通して広めると考えていたからだ。森の木の根に寄生する菌類の白い菌糸が植物の地下茎にひそひそと囁き、こうして戦士の評判は共同体全体の前で損なわれてしまう。そのようにして秘密の生活を失い、丸裸にされ、白日の下にさらされた人間は、理由もわからぬまま、ゆっくりと衰え始め、内側から干からびていく。

五

この小さな村のつくりはとても変わっている。どの道をたどっても、いちばん低い境界にひっそりと佇む森の小さな一画に行き着くのだ。そこは、一九九〇年代の終わりにこの地域の大半を焼き尽くし、村の存続自体を脅かした大規模な山火事を生き延びた数少ない区域のひとつである。炎はあらゆるものを焼き尽くすまで猛威をふるった。もはや燃えるものが何ひとつなくなったときに鎮火した。二百年以上続いた森が二週間足らずで消滅したのだ。その後、主に松が植林されたものの、原生種はすべて失われ、唯一残されたのがこの小さなオアシスで、その野生的で絡み合った植生は、周囲の家々の刈り込まれた生垣や装飾的な庭と対照的である。そこに僕は妙に惹きつけられ、村の下へ下へと導かれ、気づくと沼に続く古い道を歩いている。いつもひとりで木々のあいだを一日中歩き回っていた。なぜかはわからないが、地元の人々はこの区域を避けているらしく、よそ者、つまり夏のあいだ家を借りている金持ちの家族がときたま訪れるか、通りがかりにそこを眺める程度だった。その中央には石灰岩を彫り出した小さな洞穴がある。夜の庭師は僕に、何年か前まで村に種苗店があって、その持ち主がつねに暗いその岩穴に種を保管していたと教えてくれた。今は空っぽで、ここを訪れるのは、ときたまコンドームのパッケージを捨てていくどこかの十代の若者か、糞まみれの紙を落としていく観光客だけで、僕がそれらを拾って埋める羽目になる。その向こうに沼があって、ささやかな水面が広がり、家族連れが集まってくる。本物の湖というより池に近い人工的な場所だが、十羽ほどのアヒルが巣をつくるほどには自然らしく見える。アカオノスリが南側を巡回し、反対側の暗い湿地帯では白いツルが君臨している。夏の数か月はそこに流れ込む小川のせせらぎが聞こえてくるが、その後干上がり、雑草が生い茂って、まるで川などなかったかのように消えてしまう。沼は何十年も凍っていない。最後に凍ったのはピノチェトが権力の座に就いたばかりのころで、男の子がひとり、割れた氷のあいだに落ちて溺死したという話を聞いたが、その子の名前は誰も教えてくれなかった。これはおそらく、子どもたちを夜中に沼に近づかせないための作り話、気候変動で氷が張らなくなったにもかかわらず生き延びた昔話にすぎないのだろう。

この村はヨーロッパからの移民によって築かれた。南部の小さな都市では、マプーチェ人とスペイン人の混血であるいかにもチリ人らしい均質な顔に混じって、金髪碧眼の少女が走り回っているのを見かけることもあるとはいえ、この村にはこの国の他の地域ではあまり見られない、紛れもない異国の雰囲気がある。この場所は、山の高いところに隠れるように避難所として建てられた。チリについてつねづね驚かされることのひとつは、僕たちチリ人が山に対して抱く嫌悪感である。アンデス山脈は僕たちの背骨に突き刺さる剣のようなものなのに、まるで国全体が抑えがたい眩暈、すなわちこの国で最も威容を誇る景観を楽しむことを妨げる高所恐怖症に悩まされているかのように、あの巨大な峰々を見ないようにして谷間や沿岸部に住み着いているのだ。ここから一時間足らずの、ちょうど高速道路を降りて山を登る舗装されていない道に入るあたりに、広大な軍の兵舎がある。僕が買った家は退役した陸軍中尉によって建てられたものだ。純粋な好奇心から少し調べてみたところ、独裁政権時代に彼が何人かの政治犯の失踪に関与したことを告発する記事を見つけた。彼と会ったのは、内覧のときと、契約書にサインしたときの二度だけだ。要求された額が安かったので疑いはしたが、そのときは彼が末期の病であることを知らなかった。それから一年も経たずして彼は死んだ。夜の庭師が言うには、彼は唾棄すべき人物であり、村の皆から嫌われていたという。軍隊時代の拳銃を腰にぶら下げて歩き回り、家の修理をしてくれた労働者に報酬も支払わなかったそうだ。僕たちが引っ越してきたとき、居間のテーブルの上にピンを外した手榴弾が置いてあった。どれだけ記憶を探っても、それを自分がどうしたのか思い出せない。

六

夜の庭師はかつて数学者だったが、今では元アルコール依存症患者が酒について語るように、憧れと恐怖の入り混じった口調で数学について語る。彼は華々しくキャリアを開始したが、アレクサンドル・グロタンディークの業績を知ってその道を諦めたと語った。グロタンディークは一九六〇年代にユークリッド以来誰も成しえなかった方法で幾何学に革命をもたらした真の天才で、その後、国際的な名声の絶頂期にあった四十歳のとき、不可解にも数学を放棄した。彼は独特かつ当惑させる遺産を残し、その衝撃波は今なお数学のあらゆる分野を揺るがし続けているが、それから四十年後に亡くなるその日まで、当人はそれについて議論することはおろか、口にすることも拒んだ。夜の庭師と同じく、グロタンディークも人生の半ばにして自らの家と、家族と、数学者としてのキャリアと、友人を捨て、ピレネー山脈で僧侶のように隠遁生活を送った。それはまるで、アインシュタインが相対性理論を発表したあとで物理学を放棄するか、マラドーナがワールドカップで優勝したあとサッカーボールには二度と触れないと誓うようなものだった。夜の庭師が社会生活を放棄することを決めたのは、もちろんグロタンディークへの憧れだけが理由ではなかった。彼も離婚を経験して破産し、一人娘と疎遠になり、皮膚癌と診断されていたが、そうした体験がどれだけ辛かったにしても、我々の世界をこれほど大きく変えつつあるのが——原爆でもコンピューターでも生物兵器でも終末的な気候変動でもなく——数学であり、その影響があまりに甚大なので、せいぜい二十年もすれば、人間であることの意味を我々の誰も理解できなくなるだろうという事実を突如として悟ったことに比べれば、すべて二の次であると主張した。かつては理解していたというわけではない、と彼は言った。しかし事態はさらに悪化している。我々はほんの一握りの方程式や落書きのような図や難解な記号を使って原子をばらばらにしたり、最初に現われた光に目を細めたり、宇宙の終末を予想したりすることもできるが、それらは我々の生活のごく細部まで支配しているにもかかわらず、一般人には理解できないものなのだ。だがそれは普通の人々だけではない。科学者自身が世界を理解しなくなったのだ。たとえば量子力学を見てみよう。人類の至宝、我々が創造したなかで最も正確で美しく、最も先端的な成果を収めたあの理論物理学を。それはインターネットの背後にあり、携帯電話の全盛にも一役買っているし、神の知性にのみ匹敵する計算機能を約束してくれる。それは我々の世界を認識できないほど変えてしまった。我々はその使い方を知っていて、それはある種の奇跡によって機能するが、それを本当に理解している者は、生者であれ死者であれ、この地球上にひとりもいないのだ。人間の精神は、その逆説と矛盾に到底対抛できない。それはあたかも、理論が宇宙から一枚岩のように落ちてきたようなもので、我々は類人猿のようにその周りを這い回り、それで遊んだり、石や棒きれを投げつけたりするが、真の理解が得られることはないのだ。

というわけで彼は今、庭仕事をし、自分の庭のみならず、村のよその土地の手入れも引き受けている。僕の知るかぎり彼に友人はいないし、近所の人たちからも変人だと思われているが、僕は彼が友人であると思いたい。我が家の植物への贈り物として、堆肥の入ったバケツをときどき家の外に置いていってくれるからだ。うちの土地でいちばんの古株はレモンの木で、てっぺんには枝が密集している。ついこの間、夜の庭師から、柑橘系の樹木がどんなふうに枯れるか知っているかと訊かれた。干ばつや病気に耐え、疫病や菌類や害虫の無数の攻撃を生き延びたとしても、老齢を迎えると、過剰さによって滅びてしまうのだ。ライフサイクルの終わりに差しかかると、木は最後に大量のレモンを実らせる。最後の春を迎えた木に花が咲き、巨大な房となって、二ブロック離れたところでも喉や鼻を刺すほどの甘い芳香であたりの空気を満たす。実は一斉に熟し、その重みで枝ごと折れ、数週間後には周囲の地面が腐ったレモンの実で埋め尽くされる。不思議だね、と彼は言った。死の直前にそれほど元気いっぱいになれるとは。動物界なら想像できるだろう。何百万匹もの鮭が死ぬ直前に交尾したり、数十億匹のニシンが太平洋岸の海を何百キロメートルにもわたって精液と卵で真っ白に染めたりする。しかし、木はまるで違う生き物だ、そのような恐ろしい豊饒のスペクタクルは植物のものには思えない、むしろ際限もなく制御不可能な成長を遂げる我々自身の種の過剰さに似ている。僕は彼に、我が家のレモンの木の寿命はあとどれくらいか尋ねてみた。彼は、少なくとも幹を切って年輪を見る以外にそれを知る方法はないと言った。でも、誰がそんなことをしたいと思うだろう?

謝辞

あらゆる細部に関して私と一緒に格闘してくれたコンスタンサ・マルティネスに、本書に対して計り知れないほど貢献してくれたことに感謝を述べたい。本書は現実の出来事に基づくフィクションである。フィクションの度合いは本書全体を通じて次第に増していく。「プルシアン・ブルー」では一段落のみがフィクションだが、それ以降の章では、そこで示される科学的概念に忠実であることを心がけつつ、より自由を行使することにした。「核心中の核心」の登場人物のひとりである望月新一の場合が特にそうで、アレクサンドル・グロタンディークの精神に分け入るために望月の研究のいくつかの側面から着想を得たが、彼の人物像や経歴や研究内容について、ここで語られていることの大半はフィクションである。本書で使用した歴史的および伝記的な言及のほとんどは、以下の書物や記事のなかに見つけることができる。完全なリストはあまりにも長くなるが、これらの著者にも謝意を記しておきたい。ウォルター・ムーア『シュレーディンガー——その生涯と思想』、マンジット・クマール『量子革命——アインシュタインとボーア、偉大なる頭脳の激突』、クリスティアヌス・デモクリトゥス『肉体生命の疾患と治療法』、ジョン・グリビン『エルヴィン・シュレーディンガーと量子革命』、エルヴィン・シュレーディンガー『わが世界観』、アレクサンドル・グロタンディーク『収穫と蒔いた種と』、アーサー・I・ミラー『愛欲と美意識とシュレーディンガーの波動方程式』、ヴェルナー・ハイゼンベルク『物理学と哲学――近代科学の革命』、デヴィッド・リンドリー『不確定性――アインシュタイン、ハイゼンベルク、ボーアと科学の魂を求める闘い』、ヴィンフリート・シャーラウ／メリッサ・シュネップス訳『アレクサンドル・グロタンディークとは何者か？――錬金術、数学、精神性、孤独』、イアン・カーショー『ヒトラー』、W・G・ゼーバルト『土星の環』、カール・シュヴァルツシルト『全集』、ジェレミー・バーンスタイン「ブラックホールの不本意な生みの親」

訳者あとがき

スマホやコンピューター等の情報テクノロジーや自動車から飛行機に至る最先端の乗り物によってグローバルな人の交流を謳歌していた人類が、肉眼では見えないウイルスという極小生命体の攻撃を受けて各自の家に慌ただしく閉じこもり始めた二〇二〇年四月、編集部が独自の強固な文学観をもつことで知られるスペインの出版社アナグラマから『恐るべき緑』（*Un verdor terrible*）と題する奇妙な小説が出版された。作者は、当時まったく無名といってもよかったチリ人、ベンハミン・ラバトゥッツ（Benjamín Labatut）。物理化学、天体物理学、数学、量子力学という、二十世紀に全盛を極めたいくつかの科学分野の巨人たちにまつわるエピソードを独自の文体で描き出したこの安易な分類を許さない文学作品は、ラテンアメリカ文学というブランドに対する良くも悪くも固定化したイメージとはまるで相容れないものだったにもかかわらず、同じ年にさっそく英訳され、その後、ガルシア＝マルケスなどのスペイン語圏小説にも目配りがきくことで知られるバラク・オバマ元アメリカ大統領がこの本のタイトルを挙げるなど、アメリカをはじめとする世界各国で蟄居中だった読者のあいだで秘かに話題となり、非英語圏からの翻訳作品を選考対象とする国際ブッカー賞では二〇二一年度の最終候補にまでなった。

作者のラバトゥッツは一九八〇年にオランダのロッテルダムに生まれ、その後ハーグ、ブエノスアイレス、リマなど世界各地を転々とし、十四歳で初めて両親の祖国チリの地を踏み、その後は今に至るまで首都サンティアゴを拠点としている。本書をすでに読んだ方は理系出身の作家なのではと思ったかもしれないが、チリ・カトリック大学ではジャーナリズムを専攻し、創作活動を開始したころはサミール・ナサルという無名詩人が若手を集めて開いていた詩作教室に出入りしていたというから、根っからの文系人間のようである。このナサルという面倒見のいい老詩人を師匠としてものを書くようになった二〇〇五年には、二年前に亡くなっていたロベルト・ボラーニョが祖国チリでも爆発的な人気を集めるようになっていた。ラバトゥッツはボラーニョ以外にも本書「プルシアン・ブルー」の冒頭でも言及されているウィリアム・バロウズ、さらにはパスカル・キニャールやW・G・ゼーバルト等を愛読していたという。チリという国はスペイン語圏で最も詩が盛んな国であるが、メキシコやアルゼンチンのようなある種の出版大国に比べると、現代小説を中心とする文学作品受容の環境はお世辞にもよいとは言えない。しかし、一九九〇年の民政移管後はそれまで非常に少なかった翻訳文学が一気に流入し、このころに思春期を送ったラバトゥッツ、あるいはアレハンドロ・サンブラ（一九七五年生まれ）のようなチリ人作家は、英語をはじめとするスペイン語以外の西欧言語、場合によっては川端康成や村上春樹などの日本文学の翻訳にも早くから触れていて、いっぽう先行する二十世紀のラテンアメリカ文学とは距離を置いているという点で共通するものがある。

作家としてのデビューは、二〇一〇年に大手出版社アルファグアラから刊行した短篇集『南極はここに始まる』（*La Antártica empieza aquí*）である。アルファグアラ社は現在ペンギン・ランダムハウス・グループ傘下の多国籍企業でスペイン語圏の主たる国の首都に支社を構えて、その国の若手発掘も熱心に行なっているが、とりあえず一冊書かせてみて結果が出なければ二度と仕事はさせないという厳しい面もあるという。ラバトゥッツのデビュー作もそうした「外れ組」に分類されたようで、彼はその後、ある種の存在の危機に陥ったと述べているが、それはデビュー作の不振によるというよりも彼自身の直面していた精神的な問題によるものだったらしい。そしてそれを清算する形で執筆されたのが、今度は打って変わってチリのマイナー出版社ウエデルスから二〇一七年に刊行することになった二作目の中篇小説『光のあとで』(*Después de la luz*)で、これは作者と同定できそうな語り手が、無限とも言えるほどの断片的情報に満ちてはいるがそれらを結びつける共通の強い意味というものが失われた現代世界の「空虚」をさまざまな角度から省察するという、哲学の香りがする詩的作品である。この作品は本書『恐るべき緑』創作の発端にあったラバトゥッツ自身のある種の実存的探求、すなわち「人間は現実世界とどのように関わっていけるのか(または関わることができないのか)」を私的な立場で綴ったものだといえるだろう。

空気から窒素を抽出するハーバー・ボッシュ法によってその名を歴史に残すも、第一次世界大戦の塹壕戦を地獄に変えた塩素ガス開発にも関わった物理化学者ハーバー。今では世界の誰もがブラックホールの名で認識している自然現象を誰よりも早く数式で予測するも、まさに戦場で毒ガスを浴びたことがきっかけで患った難病によって戦地に斃《たお》れた天体物理学者シュヴァルツシルト。数学のあらゆる分野を統合するという途方もない計画に着手、一定の成果を生み出したものの、ある時期を境に奇矯な隠遁生活に突如移行して実質的に学界から姿を消した天才数学者グロタンディーク。そして人類に残された最後の未踏の領域、すなわち素粒子というミクロの宇宙のメカニズムをめぐってしのぎを削ったシュレーディンガー、ド・ブロイ、ハイゼンベルク。

これら二十世紀科学界の巨人たちのうち何人かについては、すでに各国語で評伝が刊行されている。グロタンディークやハイゼンベルクに至っては、本人が分厚い自伝まで書いてくれている。もちろん訳者はそのすべてに目を通しているわけではないが、たとえばトーマス・ヘイガー『大気を変える錬金術　ハーバー、ボッシュと化学の世紀』（渡会圭子訳、白川英樹解説、みすず書房）はかつて読んだことがあって、ハーバーというユダヤ人科学者の数奇な運命については多少の知識があった。というより、ラテンアメリカを研究対象とする者にとっては、ハーバー・ボッシュ法が開発されるまで地球の農業を支えていた主たる窒素肥料源が、ペルー沖合の島で採れるグアノ、すなわち海鳥の糞の堆積物と、チリのアタカマ砂漠に今も大量に眠っている硝石であるという事実のほうが興味深く、それでハーバーの名前を覚えていたわけだが、もちろんラバトゥッツの本書の面白さはそうした個々の情報そのものにあるのではなく、その提示のされ方にある。たとえば冒頭の「プルシアン・ブルー」はハーバーというよりむしろシアン化物という毒物をめぐる奇人列伝の趣すらあり、『フランケンシュタイン』のモデルになったヨハン・コンラート・ディッペルからヒトラーその人に至るまで、時代と場所が実に目まぐるしく移動することで読み手は幻惑にも似た高揚感を覚えることだろう。冒頭の章以外は基本的には人物伝、もしくは「私たちが世界を理解しなくなったとき」のようなある人物の特定の時期にフォーカスした作風になっているが、余計な細部は徹底的に排除され、評伝にありがちな「では次の話に参りますと……」といった節回しが一切なく、やはりもともと詩を書いていた人間の文体であると思わされるところもある。強いて言うなら、たまに人物列伝的なスタイルで書くことのあったボルヘスのいくつかの短篇を思い起こすこともできるかもしれないが、本書のもつ爆発寸前の高圧力タンクのような不思議なエネルギーはボルヘスのクールな文体とは決定的に違うような気もする。人物の評伝というスタイルを採用しつつも、情報の圧縮と純然たるフィクションによる拡張を加えることで出来上がった密度の高い物語、とでもいうしかない新しい小説がここにはある。

科学技術は人類の幸福と生活環境の向上に寄与するいっぽうで、修復不可能な災厄を生むこともある。というような考え方は、今どき子供でも言えることであって、フクシマ後を生きる日本の私たちにとって特に目新しい知見でもないわけだが、よく考えてみれば「科学の発展は一定の災厄をもたらしても仕方がないのだ」と進んで了解せねばならない隷属的かつ屈辱的な時代を私たちは生きているのだともいえようか。災厄が想像しにくければ断絶、面倒。たとえば本書の白眉ともいえる「私たちが世界を理解しなくなったとき」では、バーにさまよい込んだハイゼンベルクに子ども向けのラジオ番組をつくっていると称する怪しげな男が声をかけ、電話機が発明されたことで世界像が根底から変わったと憤る。そして、二十一世紀を生きる私たちもまた、この男にとっての電話機に近い新たなテクノロジーと日々接し、ああ、面倒くさいと愚痴を垂れながらコンピューターの（意味も理由もわからない）バージョンアップに付き合わされ、息子や娘が向き合っているスマホの（使い方も目的もわからない）アプリに関する彼らの嬉々とした口調の説明がまったく理解できず、原始人になったような気分を味わったりしている。そして二〇二三年、私たちはついに人工知能（ＡＩ）が詩や絵画を創造する時代を迎えることになった。このような科学技術のもたらす些細な断絶や面倒、そして急進的な日常の変化を「仕方がない」と受け流して生きている状況を、少なくともラバトゥッツは「空虚」と見ているのかもしれない。

真理を探求する科学者の狂気と紙一重ともいえる情熱は、バルザックの『絶対の探求』を挙げるまでもなく、ロマン主義以降の近代西欧文学においては決して珍しいテーマというわけでもないが、本書から見えるのは科学者の熱情に比例するかのようにおぞましさを増す大量殺戮の記憶でもある。本書のすべての断章において、二十世紀が経験した二つの世界大戦、凄惨な塹壕戦、ホロコースト、広島と長崎の原爆投下のイメージが不吉な影を落としていることに気づく。この不吉なるものは決して死に絶えたわけではなく、形を変えて生き延び、たとえばチリ南部の山中にもその残響を轟かせていることが「エピローグ」で明らかになる。作者は何か解決策を訴えたり、誰かを糾弾したりするのではなく、「夜の庭師」の口を借りて、人類の過剰な欲望をある植物の生態になぞらえて、読者に忘れがたい言葉を投げかけてくる。題名の「緑」をはじめとして植物や昆虫といった自然の生命体のイメージが巧みに散りばめられているのも、本書の詩的イメージの増幅に一役買っているのだ。

本書刊行の翌二〇二一年、ラバトゥッツはアナグラマ社から短い二つのエッセイを収めた『狂気の石』(*La piedra de la locura*)を刊行した。彼はこのヒエロニムス・ボッシュの絵に着想を得た題名のエッセイで本書に触れ、その後、ラヴクラフトの『クトゥルフ神話』を引用しつつ、私たちが生きる現代社会について次のように述べている。「いまや科学とテクノロジーの怪物と驚異は我々を麻痺させている。変化の絶えざる波が打ち寄せるなかで溺れぬよう我々が不断の努力をせねばならないいっぽうで、政治と経済の権力は我々を腕力で屈服させ、かつて『悪いことはしない』と約束した大企業は彼らのアルゴリズムの軍勢によって我々を覗き見ている。変化というこの真の雪崩、新しいものによる正真正銘の乱痴気騒ぎを前にして、我々はまるで海水から現われた神話の怪物の頭を見るかのようにただ震えているしかない。怪物は我々の思考の諸範疇を否定し、我々に過去の安定を懐かしがらせ、我々の目を閉じさせ、どうか見逃してくれ、その目の炎で我々を焼かないでくれと祈らせ、そして我々をばらばらにし、内面世界という偽りの安心のなかで震えさせる。我々は他の何にも増して怪物を葬り、そいつがやってきた地獄へと送り返したい。しかしそれは不可能だ。ラヴクラフトが我々に贈ってくれた崇高な恐怖の物語とは違い、現実は我々の願望に合わせたりはしない。現実にはそれ自体の奇妙な意志がある」。

この最後の「現実にはそれ自体の奇妙な意志がある」という言葉を意識してかどうかはわからないが、二〇二三年秋、私がこの訳者あとがきを書いている一月前に刊行されたラバトゥッツの最新作『マニアック』（*Maniac*）は、一九三三年に息子を殺して自殺を遂げたオーストリア出身の理論物理学者ポール・エーレンフェストのエピソードに始まり、生前に彼が抱いた危惧を具現化したようなマンハッタン計画とそれに深く関わったジョン・フォン・ノイマンという天才物理学者を、そこに関わった周囲の人物の視点から描き、最後はノイマンの数学上の貢献がもたらした人工知能の究極形のひとつアルファ碁と対決した韓国人の囲碁棋士イ・セドルの話で締めくくられるという長篇小説である。ちなみにこの『マニアック』は英語で書かれたもので、アナグラマ社から同時期に刊行された私が今読んでいるスペイン語版は、本人が自ら英語から訳したものである。チリ国外で育ったラバトゥッツは、思考するのと執筆は英語のほうが楽だと述べていることから、最初からスペイン語で執筆するのはもしかすると本書が最後になるかもしれないが、彼の文体の性格を考えると、それは些細な変化といえるだろう。

なお、作者自身の謝辞にもあるように、本書は実在する人物を描いてはいるが、かなりの部分でフィクションが介入しているため、事実とは異なる箇所も数多く見られる。最もわかりやすいのはド・ブロイがアール・ブリュットのパトロンになっていたというくだりであるが、むろんそのような事実はなく、これはあくまでラバトゥッツの創作である。彼自身が断っているように、日本の数学者望月新一氏に関するエピソードも大半がフィクションであること、作中に現われる日本の数学者、山下裕一郎なる人物も実在しない（おそらくこの姓と名をもつ二人の研究者を組み合わせた命名であろう）ことは、訳者としても改めて指摘しておきたい。

最後になるが、本書の翻訳に際しては、白水社編集部の金子ちひろさんに今回もお世話になった。訳文のチェックから膨大な数の関係資料の調査まで、いつものごとく、いや、今回はいつも以上に手厚いサポートをしていただいたことについて、ここで改めて感謝の言葉を申し上げておきたい。どうもありがとうございました。

二〇二三年十二月

松本健二

訳者略歴
一九六八年生まれ
大阪大学人文学研究科外国学専攻教授
ラテンアメリカ文学研究者
訳書にR・ボラーニョ『通話』、『売女の人殺し』、『ムッシュー・パン』、A・サンブラ『盆栽／木々の私生活』、E・ハルフォン『ポーランドのボクサー』、V・ルイセリ『俺の歯の話』、P・フローレス『恥さらし』（以上、白水社）、C・バジェホ『セサル・バジェホ全詩集』、P・ネルーダ『大いなる歌』（以上、現代企画室）、S・シュウエブリン『口のなかの小鳥たち』、S・オカンポ『蛇口 オカンポ短篇選』（以上、東宣出版）、共訳書にR・ボラーニョ『野生の探偵たち』（白水社）、F・アヤラ『仔羊の頭』（現代企画室）など

〈エクス・リブリス〉
恐るべき緑

二〇二四年 二 月二九日 第一刷発行
二〇二四年 三 月三〇日 第二刷発行

著 者 ベンハミン・ラバトゥッツ
訳 者 © 松《まつ》本《もと》健《けん》二《じ》
発行者 岩 堀 雅 己
印刷所 株式会社 三 陽 社
発行所 株式会社 白 水 社

東京都千代田区神田小川町三の二四
電話 営業部〇三（三二九一）七八一一
編集部〇三（三二九一）七八二一
振替 〇〇一九〇-五-三三二二八
郵便番号 一〇一-〇〇五二
www.hakusuisha.co.jp
乱丁・落丁本は、送料小社負担にてお取り替えいたします。

誠製本株式会社

ISBN978-4-560-09090-9

Printed in Japan